O que vem ao caso

Inez Cabral

O que vem ao caso

ALFAGUARA

Copyright © 2018 by Inez Cabral
"Another Brick in the Wall", Pink Floyd-Roger Waters Copyright © Warner/Chappell Music, Inc

Grafia atualizada segundo o Acordo Ortográfico da Língua Portuguesa de 1990, que entrou em vigor no Brasil em 2009.

Capa
Didiana Prata

Ilustração de capa
Marcelo Cipis

Preparação
Fernanda Villa Nova

Revisão
Renata Lopes Del Nero
Isabel Cury

Os personagens e as situações desta obra são reais apenas no universo da ficção; não se referem a pessoas e fatos concretos, e não emitem opinião sobre eles.

Dados Internacionais de Catalogação na Publicação (CIP)
(Câmara Brasileira do Livro, SP, Brasil)

Cabral, Inez
O que vem ao caso / Inez Cabral. – 1ª ed. – Rio de Janeiro: Alfaguara, 2018.

ISBN: 978-85-5652-061-6

1. Ficção brasileira 1. Título.

18-12517   CDD-869.3

Índice para catálogo sistemático:

1. Ficção : Literatura brasileira   869.3

[2018]
Todos os direitos desta edição reservados à
EDITORA SCHWARCZ S.A.
Praça Floriano, 19, sala 3001 — Cinelândia
20031-050 — Rio de Janeiro — RJ
Telefone: (21) 3993-7510
www.companhiadasletras.com.br
www.blogdacompanhia.com.br
facebook.com/alfaguara.br
instagram.com/editora_alfaguara
twitter.com/alfaguara_br

Hey! Teachers! Leave them kids alone
"Another Brick in the Wall", Pink Floyd

1

Nasce à uma e meia da madrugada do dia 24 de abril de 1948 em Barcelona. É o que está escrito na certidão. O que sabe de si é o que ouviu falar, as fotos antigas e os filminhos 8mm que a mãe adorava fazer. Ouviu dizer que morria de ciúme do irmãozinho caçula, até que Adela, a cozinheira e mais tarde babá, advertiu:

— A menina não pode fazer isso. Cada vez que seu irmãozinho chorar, a menina vai ganhar *un culo nuevo* [umas palmadas].

Era portuguesa, mas foi contratada na Espanha, onde morava havia alguns anos. Quando se zangava, misturava português e espanhol. Adela nunca bateu nela nem nos irmãos, mas a bronca surtiu efeito. A partir desse momento, cada vez que ele chorava, se estivesse longe, vinha correndo para fazê-lo se calar.

Mais tarde, pensando, acredita que o que sentia não era ciúme.

Acha isso porque nunca gostou de boneca e, quando ganhava uma (sempre), a primeira coisa que fazia era quebrá-la para ver como funcionavam os olhos que abrem e fecham. Talvez tenha tentado fazer a mesma coisa com o irmão. Ainda bem que não lembra. Das bonecas que teve, só uma se salvou, ou melhor, um, o Paquito. Era de borracha, impossível de quebrar. A cabeça, os braços e as pernas eram de encaixe, e os olhos pintados não fechavam. Quando finalmente entenderam que detestava bonecas, sua irmãzinha adotou seu último boneco, depois que ela furou os olhos dele (e ficou de castigo). Sua irmã o achava lindo e o chamava de "meu ceguinho".

Nunca teve brinquedos de meninos. Infelizmente, naquela época era impensável dar a uma menina um Mecano ou uma pistola d'água. Azar o dela.

2

Reencontra a primeira infância nas palavras do pai, que, anos depois, olhando para uma foto da neta, escreve num poema:

> ... *Reviajo à mesma pessoa*
> *que nasceu pra dizer Não,*
> *que embora tenha vivido,*
> *pra ser desafirmação...*

Identifica-se totalmente. Seu Não é apenas uma não aceitação de verdades impostas em que não acredita.

O que sabe de seu talento para a dança também ouviu do pai:

— Com três anos, em Londres, foi fazer balé. Houve uma apresentação. No palco, cheio de meninas brancas e louras de tutu cor-de-rosa, apareceu ela, moreninha, num tutu vermelho. Em vez de dançar a sua parte, passou a dança toda corrigindo as colegas e provocando risadas do público. Só se via ela. Esta minha filha nunca vai ser bailarina, mas que sabe aparecer, não há dúvida.

Pois é. Segundo ele, nasceu para dar trabalho. Mas ela discorda, prefere concordar com Millôr Fernandes, que diz, "Livre pensar é só pensar".

Exigem que siga convenções sem jamais discutir a respeito. Não tem culpa de discordar e preferir usar a cabeça.

3

Quando vão para o Recife por causa da perseguição política contra seu pai, que não vem ao caso agora, dividem seu tempo entre o Recife e Carpina, onde fica o sítio de seu avô.

Ela tem quatro anos. Olha para os dedos, esconde o polegar. Mamãe ensinou: um, dois, três, quatro. O carro segue na estrada. Ao seu lado, no banco de trás, seu irmãozinho caçula. Na outra janela, o mais velho, que já tem cinco. Uma mão inteirinha! Na frente, a mamãe e o papai. Quem dirige é a mamãe, o papai sempre fala que não gosta de dirigir. Quando ela crescer, vai gostar. Estão quase chegando no sítio. De repente, seu irmão e ela dizem ao mesmo tempo:

— Quando eu chegar, quero montar no Rei Jorge. (Rei Jorge é o pangaré velho do sítio.)

Para evitar briga, papai se vira para eles e diz:

— Um de cada vez, não é?

Não adianta, o bate-boca começa:

— Primeiro eu!

— Não, eu primeiro!

Aí a discussão para. Olha para o irmão e, pela primeira vez, se dá conta de que ela é "eu", e ele também é "eu". Um eu diferente. E na estrada entre o Recife e Carpina, num simples estalo, chega ao que chamam idade da razão.

4

Está em Carpina, no sítio de vô Luiz. Deve ter uns quatro ou cinco anos. Decide que quando crescer vai ter duas profissões: fazendeira e pintora. Um dia, um tio lhe pergunta:

— Você vai ser fazendeira como? Onde vai arrumar dinheiro para comprar uma fazenda?

— Isso é fácil, vou casar com um fazendeiro.

— Você quer ser fazendeira por quê?

— Pra andar a cavalo, tocar berrante e juntar gado.

— Mas se for fazendeira, não vai fazer nada disso, vai ter que ficar em casa, fazer comida para seu marido e tomar conta da casa dele.

Sente pela primeira vez o tédio que é ser mulher e desiste não apenas de ser fazendeira, mas de casar. Resolve ser só pintora.

Em Barcelona, se matricula na escola de belas-artes. Ao entregar um trabalho de fim de trimestre, feito em meia hora quando descobriu que valia nota, ouve o seguinte comentário do professor:

— Você é minha aluna mais talentosa, o que te perde é que você tem imaginação demais.

Aos dezoito anos, não consegue entender esse comentário, falta maturidade. Imaginação é a qualidade que mais preza em si mesma, ou a única que reconhece. Nessa hora, se lembra do conselho que o pai lhe deu quando ela se matriculou na escola:

— Minha filha, com a sua idade eu também desenhava. Por isso, hoje eu escrevo. Você não devia escolher o caminho mais fácil. O caminho mais difícil vai te levar mais longe.

Hoje ela tem certeza de que ele tinha razão.

5

Nunca mais viu o avô paterno, seu favorito junto com a avó materna. Lembra que, na primeira infância, quando os pais foram morar na casa dos avós no Recife, ele trazia um pacote de balas ao chegar à noite, entregava para ela e dizia:

— Divida com seus primos.

Ela dava uma bala para cada um dos primos e para os dois irmãos e ficava com o resto. A mãe tentava brigar, dizia que não pode ser egoísta, o vovô retrucava:

— Deixe disso, eu trouxe para ela.

A mãe não gostava muito, mas tinha que acatar o sogro, que sempre dizia:

— Avô é feito pra deseducar.

O pai dela, por sinal, seguia a mesma filosofia. Cansou de ouvi-lo repetir isso ao fazer alguma bobagem com os netos, enquanto ela se esforçava para educá-los.

Na sua infância, pelo menos no Recife, tinha que pedir a Bênção dos avós, que estendiam a mão para ser beijada. Sabe disso por ouvir falar, não se lembra. Anos depois, já adulta, foi ao Recife com o pai visitar o avô querido.

Ao chegar, ele lhe estendeu a mão, esperando que a beijasse. Ela desviou e beijou sua bochecha, dizendo:

— Desculpa, vô, não beijo nem mão de bispo.

Ficou esperando a bronca, mas tudo o que aconteceu foi uma enorme gargalhada do avô, que lhe respondeu:

— Essa é a minha neta!

Ainda o viu mais uma vez, já bem velhinho. Revendo fotos de família, ele lhe mostrou uma foto da mãe dela:

— Olha só você, quando era noiva do Jó.

Continuou procurando entre as fotos e lhe mostrou uma foto dela, ainda bebê:

— E olha sua filha.

Ficou desnorteada, mas depois de pensar um pouco, decidiu que o que ele queria dizer é que ela é a cara da mãe e que sua filha era igual a ela nessa época. Não conseguia nem pensar, e muito menos aceitar, seu vô querido perdendo a memória e a razão.

6

Ela adora o sítio, onde se sente mais solta do que na cidade. Adora também o cheiro de terra e curral. Acha o leite recém-tirado uma delícia. Lá não tem luz elétrica, a casa é iluminada com lampiões, nunca tinha visto isso. Acha lindo. Quando ouve as pessoas contando casos de Lampião, não consegue imaginar como é que um lampião pode ser tão perigoso. Mas deixa pra lá, deve ser coisa de gente grande.

Quando a noite cai, os adultos fecham as portas e as janelas da casa. Parece que é por causa dos bichos. Andam pela casa à espreita, olham dentro de armários, debaixo das camas, dentro dos sapatos, em qualquer lugar onde possa se esconder uma cobra.

Alguns dias antes a avó criticou a mamãe, porque os três filhos (com um ano de diferença de um para o outro) tomam banho juntos. Ela resolve acatar o parecer da sogra, talvez para evitar discussões inúteis. A partir desse dia se sente excluída enquanto ouve através da porta do banheiro as risadas dos irmãos. O banho dela é depois do deles. Sem risadas, sem brincadeiras. A vovó disse que ela já é uma mocinha de cinco anos, não pode mais ficar pelada na frente dos irmãos.

Um dia, à noitinha, está debaixo do chuveiro, já no final do banho sob a supervisão de Adela, que segura a toalha, quando sente uma coisa fria encostando no pé. Olha para baixo e vê, ao lado de seu pezinho, um colar lindo, vermelho, preto e branco. Ela o segura e diz para a babá:

— Olha que lindo! Subiu pelo ralo. Quero para mim.

Adela fica sem ação durante uns segundos e começa a gritar para alertar os tios, que abrem a porta e, depois de muito rebuliço, ela ainda sem entender o porquê de tanta história por causa de um bicho tão bonitinho, solta finalmente a cobra-coral dentro do boxe do chuveiro. Adela se benze, a enrola na toalha e a leva para o quarto enquanto ela chora porque vão matar sua linda cobrinha. Está furiosa, seus tios são maus. Fica emburrada um bom tempo, até que o vovô a chama para o jantar.

7

De volta ao Rio de Janeiro, se prepara para a primeira comunhão. Tem seis anos. A madre explica que a hóstia consagrada vira a carne de Jesus. Distribui uma ainda não consagrada para cada um, eles provam. Não tem gosto de nada.

Ela matuta no seu canto: "Será que vou gostar da consagrada? Carne eu só gosto moída… com purê de batatas. Nunca comi carne de gente, será que é bom?".

— De que tamanho era Jesus? — pergunta para a madre.

— De tamanho normal, por quê?

— Será que dá pra todo mundo?

— Que blasfêmia, menina! Deus vê tudo o que você faz e até o que você pensa. Tome muito cuidado para não ir para o inferno.

— Se eu for para o inferno, fico lá até quando?

— Fica lá por toda a eternidade.

— E se eu for boazinha, na próxima eternidade posso ser Deus?

— Se continuar a perguntar bobagem, não te deixo comungar.

Indignada com a injustiça divina, com os olhos rasos d'água, grita:

— Não quero comungar, Deus é mau!

No dia da primeira comunhão, acordou com sarampo.

8

Acha que está livre, mas que nada. Assim que fica boa, a mamãe marca outro dia. Como não adianta reclamar, começa a buscar o lado bom (síndrome de Pollyanna, que ainda não leu). Vai ser legal, porque o vestido é lindo, de princesa, e porque vai fazer primeira comunhão sozinha. Está se sentindo especial. Mas eis que, na véspera, a mamãe decide que ela vai ficar com vergonha e se sentir muito solitária, apesar de ela negar com veemência, e resolve que seus irmãos também vão vestidos de primeira comunhão, para acompanhá-la. Falta de noção perde! Além de, por causa do sarampo, ter perdido a festa deles, que era para ter sido dela também (ficou isolada no quarto enquanto ouvia as risadas lá embaixo), é obrigada a dividir as atenções nesse dia "tão importante", segundo a mamãe, e como se fosse pouco, não ganha nem uma festinha. Talvez venha daí seu trauma com religião. Se for por causa disso, obrigada, destino.

9

Ela tem uns sete anos. É sua primeira saída depois de uma catapora para ir à missa de domingo na igreja da Imaculada Conceição, na praia de Botafogo. Lá pelas tantas, talvez um pouco antes da consagração (para quem não conhece o ritual, logo antes de o padre levantar aquela hóstia enorme e o coroinha tocar aquele sininho), entra pela porta da igreja uma mendiga que grita e chora, dizendo que o filho está morto. Impávido, o padre continua seu ritual. Dois paroquianos (na certa os dois maiores) se aproximam da mulher, cada um a pega por um braço e a expulsam da igreja. A missa continua. Ela fica em choque. Tenta falar com a mãe, que a faz calar, não se fala durante a missa. Não entende os adultos. No catecismo ensinaram que Jesus disse: "Bem-aventurados os humildes, pois eles herdarão a terra". Ela pensa: Mas não ousem entrar na igreja na hora da missa.

Ainda leva um sermão da mãe porque recusa a comunhão.

10

Ela tem oito anos quando o pai é transferido para a Sevilha de Franco.

Em vez de colégios americanos, como a maioria dos filhos de diplomatas, sua mãe os manda sempre para escolas locais, para que mergulhem na cultura do país.

Ao chegar a Sevilha é matriculada como semi-interna num colégio de freiras.

O horário escolar é das sete da manhã às sete da noite. É proibido levar os livros para casa, tem que estudar no colégio. Disciplina férrea. Só pode ir ao banheiro na hora do recreio, e tem que pedir licença. Ela acha esquisito, ainda bem que nunca precisou ir na hora errada. Um dia, durante uma aula, uma aluna pede para sair. Claro que recebe uma negativa firme. Coitada da menina. Tenta explicar, a freira manda que cale a boca. Depois de alguns séculos de aula idiota, finalmente o sino toca e todas se levantam e ficam ao lado das carteiras, esperando a oração de fim de aula. Depois do recreio, ao voltar para a sala, a freira espera na porta e diz:

— Continuem na fila, quero descobrir uma coisa.

E passa de aluna em aluna botando a mão debaixo da saia e apalpando a calcinha até encontrar quem tinha feito xixi nas calças. Claro que foi a menina que pediu para sair. Hoje ela acha que a freira sabia, ou pelo menos devia supor, mas fez questão de apalpar todas. Pela única vez na vida, ela agradece aos deuses por ser uma das mais baixinhas da turma, ficando, portanto, no final da fila. Não precisou passar por isso. Chegando em casa, chocada, conta para a mãe, que simplesmente não acredita e briga com ela por inventar mentiras.

11

É dia do Sagrado Coração de Jesus. Depois do recreio da tarde, as crianças fazem fila no corredor e *ma Mère* (tem que chamar as freiras velhas assim) manda todas fazerem exame de consciência. De uma em uma, vão entrando numa salinha em que ela nunca tinha reparado, perto da capela. Ficam um tempo lá dentro e saem. Na porta está *ma Mère* ao lado de uma mesinha com duas cumbucas: uma cheia de alfinetes pequenos de cabeça azul e a outra cheia de alfinetes bem grandes de cabeça vermelha. Quando chega a vez dela, *ma Mère* pergunta:

— Fez seu exame de consciência?

— Fiz sim, *ma Mère.*

— Então pegue um alfinete azul para cada pecado venial e um vermelho para cada pecado mortal.

Ela pega alguns alfinetes azuis, porque depois do exame de consciência viu que não tinha pecados mortais. Nunca mordeu a hóstia, nem deixou de ir à missa aos domingos.

Entra na salinha. A porta é fechada atrás dela. Está escuro, apenas velas, cheiro de lírios e uma estátua de Nosso Senhor, maior que ela, com um coração igual à almofadinha de alfinetes da vovó. Enquanto sente no seu rosto o olhar de Jesus, tenta enfiar em seu coração, um por um, os alfinetes. Não consegue, fica com medo e, aos prantos, sai da salinha com os alfinetes na mão.

Ma Mère, severa, olha para ela, manda pegar mais um alfinete dos vermelhos por conta do desrespeito e voltar lá para dentro para aprender o que Nosso Senhor sente quando ela peca. Mais uma vez, vem à sua cabeça: "Deus é mau". Aproxima-se da estátua e, sem olhar para mais nada, enfia de um em um os alfinetes na almofada. Está com tanta raiva que o que enfia com mais prazer é o alfinetão vermelho. Nesse dia, aprende o que é ser "devota" e sai, fazendo como as outras, o sinal da cruz.

12

A família passa o verão num chalezinho, numa praia esquecida pelos deuses entre Málaga e Cádiz, Estepona. Estamos na Espanha, onde foi inventado o conceito de *siesta* por conta do clima desértico. Cinquenta graus à sombra no verão, entre meio-dia e cinco da tarde. Anoitece entre nove e dez horas nessa época. As brincadeiras de pirata, polícia e ladrão, pinotear pelas pedras, descobrir esconderijos e nadar na praia se interrompem depois do almoço. Como a casa é minúscula, o quarto dos irmãos tem uma entrada independente, do lado de fora. Ela morre de inveja, mas, em vez de ficar reclamando da injustiça divina, passa a *siesta* no quarto deles, sentindo-se livre e independente.

Pois bem, numa dessas *siestas*, enquanto jogam baralho com a porta aberta por conta do calor, aparece um cara meio nervoso e, agitado, lhes pede para guardar um embrulho. Mais tarde virá buscar, promete. Diz que é irmão da moça que trabalha na casa deles e que é de Estepona. Eles aceitam e o cara lhes passa um embrulho pequeno, feito em papel pardo, que eles escondem.

Talvez pelo fato de ser rosa-cruz (ninguém na Espanha de Franco pode saber disso, alerta ela sempre), a babá Adela tem um certo talento para ler pensamentos. Ou talvez estivesse simplesmente olhando pela janela. O fato é que chega ao quarto dos meninos e pergunta:

— Quem era aquele homem?

Com a maior das inocências, eles respondem. Adela quase tem um troço.

— Ai, meninos, que perigo! *No se puede acceptar* essas coisas, *ustedes* nem conhecem esse homem!

— Por que não? Ele disse que é irmão da Fulana.

Cheia de decisão, Adela exige que lhe entreguem o pacote e, no dia seguinte, vai reclamar com a moça. Esta confessa que o irmão é contrabandista, estava em fuga da guarda civil e não queria ser preso com a muamba. Depois da bronca, entrega o embrulho à moça e pede que suma com ele.

As crianças, excitadas por terem conhecido um contrabandista de verdade, ficam arrasadas por não saberem o que continha o pacote e passam a prestar atenção nos arredores. De fato, às vezes ocorrem movimentos inesperados na região. Inclusive um dia um guarda-civil lhes pergunta se viram alguém. Claro que não viram nada, mas essa passa a ser a maior de todas as aventuras do verão.

13

Um dia o papai lhes diz:

— Estamos indo para Marselha.

— Isso fica na França, aprendi na escola. Tenho aula de francês no colégio, mas ainda não sei falar.

— Seus irmãos sabem menos do que você, terão que aprender.

A mamãe arruma uma professora francesa que mora no bairro de Santa Cruz, um dos mais bonitos de Sevilha. Os três vão sozinhos todos os dias para a aula particular na casa da professora. Ela sente não estar aprendendo nada.

Um dia, voltando para casa depois da aula, lembra que uma amiga do colégio mora por ali. Vão à cata da rua, chegam à casa dela, um muro branco com um portão de ferro forjado. Tocam a campainha (que é um sino) e esperam pela menina. Enquanto isso, pelo portão, admiram um pátio lindo, cheio de flores, com o chão de mosaico, laranjeiras, gaiolas de passarinhos fazendo algazarra e um chafariz. Ao fundo, a casa de dois andares. No andar de cima, uma galeria que dá no pátio. Enquanto a empregada volta ao portão, vê a menina de longe, lá de cima da galeria, dando até logo, mas sua mãe aparece e a leva para dentro.

A empregada chega ao portão e lhes diz:

— *La señorita* Anita não pode sair. Sua mãe disse a ela que crianças andando sozinhas na rua não são de confiança. Ela falou que vocês são estrangeiros, mas não adiantou. Ela está lá em cima, ficou de castigo.

Fica triste pela amiga, que vai ter que aguentar essa repressão a vida inteira. Ainda bem que estão indo embora.

14

Entre os nove e dez anos de idade, lá vão eles para Marselha. Chegam no verão, época de férias. Mamãe diz para ela e para os irmãos:

— Vocês têm dois meses para aprender francês. Vou contratar uma professora particular. Acho bom aprender, no outono vai todo mundo para o colégio.

É matriculada de novo num colégio de freiras.

No primeiro dia de aula, a *Mère* a apresenta às colegas e pede para que a ajudem, se tiver dificuldades. A reação da turma é:

— Brasileira? O que veio fazer aqui?

Como é diferente, viram-lhe as costas. Durante o recreio, a mais mandona da turma, que, por sinal, é sua vizinha, lhe diz:

— Quando você aprender a falar língua de gente, podemos brincar. Vai ficar com a Lise, que é alemã e protestante. Vamos, meninas!

E nunca mais lhe dirige a palavra.

Lise já fala francês. Ficam amigas e com ela aprende o que é ser protestante. Acha a amiga sortuda, não tem que assistir à aula de religião nem rezar terço na capela com a turma todo dia, pode aproveitar para fazer o dever de casa. Não entende por que as meninas a esnobam por isso. Lise explica:

— É que, além de protestante, sou alemã. Nós perdemos a guerra.

— Mas você nem tinha nascido!

— Nem elas, mas seus pais disseram para não falar comigo.

— Pior pra elas. Vamos pular corda?

Nas aulas, a cada erro de francês tem que aguentar as gracinhas:

— Língua de macaco ela deve saber!

— Será que fala papagaiês?

E ouvir a freira explicar num tom condescendente:

— Meninas, é falta de caridade fazer pouco dos mais fracos.

Como não há mal que sempre dure, com a ajuda dos pais, que lhe ensinaram o prazer da leitura, e com a força da raiva que descobriu em Sevilha, aprende a língua na marra.

Na prova final, leva a nota mais alta em redação. Sem contar o elogio ao seu sotaque, na frente de todas as alunas do colégio.

— *Excusez-moi, les filles, j'aimerais bien vous entendre parler portugais.*

15

Marselha é a cidade mais estranha que ela já viu. Ao chegar, como não encontram lugar para ficar, alugam um andar numa casa cuja dona e o filho, já um rapaz, de apelido Cacá, também moram. Seu pai e sua mãe detestam a situação, mas para ela é até divertido. Depois de alguns meses, a vizinha se muda e lhes aluga a residência. Finalmente a família vai morar num espaço só seu. No porão dessa casa, mora um casal que trabalha para Mme. Naja, a proprietária. Sua mãe, com pena, tenta convencer Mme. Naja a deixar o casal morar no apartamento de baixo, mas ela é categórica e os expulsa.

É uma casa grande e nem um pouco simpática. Uma noite os pais saem, ficam apenas as crianças com a babá e a cozinheira. No meio da noite, ela acorda com todo mundo em seu quarto, que é o mais distante da entrada. A cozinheira e a babá estão apavoradas.

— Façam silêncio, crianças, tem alguém tentando entrar.

As duas adultas, assustadíssimas, sem coragem de ligar para a polícia. O único telefone da casa fica na entrada. Ela pensa: "Que gente medrosa". Abre a porta e corre para o telefone. A babá deixa os irmãos com a cozinheira e corre atrás dela. Chegam à entrada, não tem mais ninguém na porta. A babá liga para a polícia e depois briga com ela.

Na manhã seguinte, se sente no meio de um romance de Agatha Christie ou Conan Doyle. Está descobrindo a literatura policial. Chegam uns inspetores para investigar o que aconteceu. Os dois com capa de chuva e chapéu na cabeça. A porta do porão foi de fato forçada, mas resistiu ao ataque. A porta da casa também foi forçada, mas desistiram, era maciça demais. Ela fica por perto, ouvindo as conversas dos vizinhos. Descobre que o casal do porão foi mandado embora para não contar os podres da família da proprietária. Os vizinhos acham que deve ter sido o filho dela. Parece que M. Naja, o marido, tinha uma doença terminal e o único filho deles o teria matado com um chute de bota na cabeça, porque ele não quis lhe dar dinheiro. A mãe abafou o caso. Alguém diz que o pai expulsou o filho e o deserdou. Ele era viciado e, pior ainda, um *pédale* (gíria derivada de *pédéraste*). Ela não tem ideia do que significa ser *pédale*, mas prefere não perguntar, para não chamar a atenção e ser expulsa do papo. Quando o movimento sossega, lá vai ela atrás do dicionário. Como pensou: quer dizer pedal. Como é que uma pessoa pode ser pedal? Fica um tempo pensando no assunto, mas o instinto lhe diz que é melhor não perguntar para a mãe, porque deve ser gíria e a mãe não admite gírias em casa. Vai para o quarto e passa o resto do dia desenhando bicicletas.

16

Dizem que do tédio nasce a criatividade, mas ela ainda não sabe disso. Quando morava no Brasil, a mãe a levou com seus irmãos ao teatro. Ela adorou. Viu *O rapto das cebolinhas* e, sobretudo, a paixão das paixões, *Pluft, o fantasminha*. Ficou tão fascinada que seus desenhos passaram a ter como molduras cortinas de um palco.

Em Marselha, para espantar o tédio e se divertir um pouco, se junta com o irmãozinho menor e decide montar uma peça. Ele gosta de escrever e fica responsável pelo texto. Ela é mandona, gosta de desenhar e inventar coisas e se atribui a direção, a cenografia e os figurinos. E, claro, ambos são atores. Durante alguns dias, vai tudo bem, as risadas são ouvidas da rua. Mas nada é perfeito: sua irmãzinha, com três ou quatro anos, resolve que quer participar. Eles recusam. Como sempre, ela vai chorar junto da mãe, que, para resolver o imbróglio, com a sensibilidade que lhe é característica, diz:

— Tratem de inventar um papel pra ela, senão não vai ter teatro nenhum.

Fazer o quê. Ela é pequena, seu irmão também, mas já sabem que manda quem pode, obedece quem tem juízo. Inventam para a chorona o papel de gato. A única coisa que terá que dizer é "miau", quando a dona da casa chegar da feira com sardinhas na sacola.

A estreia é domingo, no quintal. Os espectadores vão chegando: o pai, a mãe, o irmão mais velho (que não se mistura com as crianças), Adela e a cozinheira. Levanta-se o pano (um lençol) e a peça começa. Na hora do "miau", a caçulinha fica parada que nem um poste. Os irmãos tentam fazê-la dizer "miau", mas nada feito. Começa a chorar, a plateia fica com pena e acha bonitinho. E a peça vai pro espaço.

Morre assim, antes de nascer, assassinada pela timidez de uma garotinha de três anos, a grande vocação de uma ou talvez duas pessoas que, quem sabe um dia, revolucionariam o teatro.

17

De volta ao Brasil. Tem onze anos e é levada pela mãe para um internato de freiras em Petrópolis. Chegando lá a mãe a entrega a uma freira da portaria com a sua mala, lhe dá um rápido beijo e vai embora, sem olhar para trás. Ela não entende a razão de estar ali. Tem o colégio das mesmas freiras no Rio, bem perto de casa, da família e de seus irmãos. No dia da chegada, enquanto lágrimas tentam brotar de seus olhos e são engolidas a duras penas, uma freira lhe entrega outra menina nova, aos prantos, e manda que tome conta dela. Pela primeira vez entende que ajudar os mais fracos a faz se sentir forte. Engole o choro de vez e consola a colega, enquanto saem para explorar o lugar. Dormitório enorme, galerias com colunas dando num lindo pátio florido, salas de aula assustadoramente grandes, freiras com cheiro rançoso fingindo simpatia, outras meninas, as antigas, passam rindo e brincando, tudo o que se espera de um internato religioso.

A vida segue, ela enterra a mágoa, se convence de que não precisa de família por perto e se adapta a sua nova vida.

A partir desse ano, o primeiro ginasial, descobre a arma da rebeldia e a arte da resposta rápida que, com a raiva aprendida em Sevilha, a protegem pelo resto da vida de vontades impostas com as quais não concorda.

18

No internato as meninas usam uma cruz de osso presa num cadarço da cor de sua turma e um cinto combinando. No uniforme de gala, que vestem quando saem em rebanho e nas festas escolares, o diabo do cinto é uma corda de cortina, presa à cintura por um nó corrediço, com uma ponta que cai por cima da saia.

Quando se tem uma baixa avaliação em comportamento durante a semana, se perde a cruz. Se a avaliação também for baixa na semana seguinte, além da cruz se perde o cinto, e o castigo em ambas as situações é ficar no colégio no fim de semana.

Nos primeiros tempos de internato, ela sempre vai para casa. Pega sozinha o ônibus para o Rio no sábado e volta no domingo, no final da tarde. Tem que estar presente na hora do jantar, já de uniforme.

Acha uma chatice esses sábados e domingos domésticos, a mãe nunca está, os irmãos têm os próprios amigos com quem sempre saem e ela tem que ficar com Adela e sua irmãzinha. O único programa disponível é passar o sábado com a avó, que não a acha muito velha para ouvir histórias e as conta como ninguém. Ela adora, mas todo sábado?

Finalmente faz uma bobagem durante a semana, ou responde mal a uma freira, resultado: comportamento sofrível, perda da cruz.

Na primeira vez que passa o fim de semana no internato, descobre que é muito mais divertido do que ir para casa. O que vem a calhar para piorar seu comportamento. Passa a ficar sem a cruz e o cinto (para garantir o castigo) até o final do ano letivo. Quem permanece no colégio nesses dias, além das que estão de castigo, são apenas meninas que moram longe demais. Tem colegas do Mato Grosso, Minas, Paraná etc.

Prefere as que estão sem cruz por motivos óbvios. Divertem-se horrores fazendo bobagens. O terreno do recreio tem lugares bem interessantes. Uma gruta de Nossa Senhora em cima da qual as maiores se reúnem e que as menores não podem frequentar. Adoram subir lá. Talvez porque seja proibido. Gostam também de fugir do colégio pulando um muro que separa o pátio do recreio de um caminho chamado de Santo Antônio, que fica num plano mais baixo, mas ainda pertence ao colégio. A fuga está apenas na imaginação, afinal, são meninas de doze ou treze anos. Como o colégio é de freiras e cheio de proibições, tudo se torna mais "perigoso" e divertido.

Um dia, acabam de pular o muro e, ao olhar para cima, veem, terror dos terrores, a *Mère* diretora, bruxa intolerante e mal-humorada, que as leva até a *Mère* superiora, que ela ainda não conhece. Em vez de bronca, ela sorri e lhes diz suavemente:

— O dia está chato, não é? *Mère*, organize um passeio para elas na cidade.

Elas aplaudem, a diretora tenta argumentar, mas a superiora insiste. Lá vão elas à Confeitaria D'Angelo lanchar e comprar os famosos caramelos. A sensação de vitória é ótima. Divertem-se e riem da "cara de chuchu" da diretora.

Outro passatempo do fim de semana é o filme exibido domingo à tarde por uma freira. Quando rola um beijo na tela, a freira coloca a mão na frente do projetor, mas, coitada, nunca deve ter beijado alguém e sempre tira a mão antes da hora, o que é mais um motivo para vaiar, rir alto e assoviar.

Nesse ano, descobre a vantagem de estudar em colégios severos onde tudo é proibido ou pecado e deixa aflorar uma qualidade que nela é congênita: a rebeldia.

19

No verão, a mãe inscreve as crianças na colônia de férias do Forte São João. Lá vão elas todos os dias até a Urca. Nas primeiras duas horas, ginástica. E ginástica dada por milico. Fica traumatizada para o resto da vida. Pensa sempre que, se fosse presidente do mundo, mandaria trancar atletas em circos ou zoológicos. Não consegue achar admirável pessoas conseguindo lesões perpétuas em ossos, juntas e músculos para serem mais rápidas que gazelas e jaguatiricas, que nem precisam treinar. Ou dando saltos que macacos tiram de letra, e sem treino também. Mas claro que não vai ser presidente do mundo. Bastaria que não a obrigassem a fazer polichinelos idiotas ou abdominais doloridos.

Mas, nessa época longínqua, criança ainda não tem querer. Ela gostaria de aprender um único exercício: pular de cabeça do trampolim. Sempre que vão ao clube, seus irmãos ficam se mostrando e rindo dela, que tem medo, porque quando pula em pé, sobe em pé. Se pular de cabeça, na certa vai voltar à tona com os pés para cima e talvez não consiga se virar. Pois bem. Depois de duas horas de tortura na ginástica sob o sol senegalês do verão no Rio de Janeiro (ainda não se falava em camada de ozônio), o final da colônia é curtido na praia do Forte.

Nessa hora, as turmas podem se misturar. Um dia ela vai com o irmão caçula e o monitor dele, ou seja lá como se chame essa função, até a ponta do píer (pra ela esse píer é altíssimo), de onde o soldado insiste para seu irmão pular de cabeça. Ele olha a altura e fica temeroso. Não sei o que dá nela, que olha o irmão e diz:

— Aposta que eu vou?

Ele ri:

— Você? Duvido. Você não pula nem da beira da piscina.

O soldadinho também dá risada e diz:

— Você? Acho que não tem coragem nem de pular em pé.

Ela é do tipo que paga pra ver. E pra se mostrar. Chega à ponta do píer e... dá o salto de sua vida. Impecável, quase sem levantar água. Quando surge do mar e olha para cima, a felicidade é total: a cara de incredulidade do irmão e a do monitor são seu prêmio. Os anos passaram e ela nunca esqueceu. E nunca mais teve medo de mergulhar. Aliás, esse é o único exercício que sempre pratica com prazer.

20

De volta ao internato e à velha rotina escolar.

A confissão é obrigatória uma vez por semana. As alunas fazem fila na capela com cheiro de velas, incenso e flores murchas. Chega a sua vez, se aproxima do confessionário, se ajoelha, reza o ato de contrição e, sem saber o que dizer, começa a inventar pecados. Mentiras, desobediências, os gravíssimos pecados de uma garotinha de treze anos sob vigilância vinte e quatro horas por dia. Quando acha que terminou, eis que o padre lhe pergunta, acusador:

— Só isso? Você não se divertiu com seu corpo?

Ela pensa um pouco e responde:

— Claro que me diverti com meu corpo no recreio. Não sabia que era pecado. Como é que faz para se divertir sem ele?

O padre fecha a cara e a manda embora com a penitência de três ave-marias, três pais-nossos e uma salve-rainha.

21

— Hoje vamos falar sobre o pecado original e o batismo, que nos limpa desse pecado cometido por Adão e Eva. Os bebês nascidos mortos ou as criancinhas antes da idade da razão, sem batismo, vão para o Limbo. Os batizados e os bons cristãos sem pecados vão para o Céu. Quando morremos sem confissão, mas só com pecados veniais, vamos para o Purgatório, até purgar a nossa culpa. Os pecadores vão para o Inferno. Entenderam, meninas?

Ela pergunta:

— Qual é a diferença entre o Limbo e o Purgatório?

— No Limbo se está à margem de Deus. Não há sofrimento, é só uma imensidão cinza, vazia e eterna.

— Uma criança índia vai para onde?

— Para o Limbo.

— E seus pais, que não conhecem nossa religião, vão pra onde?

— Se não foram batizados, vão para o Inferno.

— Tem certeza, *ma Mère*?

— Claro que tenho, menina, que pergunta é essa?

— Eu pensei que Ele tinha morrido por toda a humanidade.

— Cuidado com a blasfêmia, menina!

— Estou só repetindo o que me ensinaram na primeira comunhão. Era mentira?

— Saia da sala agora. Vá para a capela, pra pedir perdão a Nosso Senhor.

Saindo da sala sem entender o que fez de errado, pela terceira vez na vida pensa: "Deus é mau!".

22

Nada mais chato do que decorar qual país é o maior produtor de trigo, de ferro ou do que for. Passa o tempo das aulas de geografia desenhando sem parar. O lado bom é que seus desenhos melhoram muito, o lado ruim é a segunda época (naquele tempo existia isso) que vai ter que encarar.

Esse fato inclui na sua vida a bronca sistemática da mãe até o fim do ensino médio. Nunca entendeu como é possível alguém se interessar por geografia. Ela tem treze anos e sua mãe ainda acredita que com aulas particulares reverterá a situação. Naquela época, meninas podiam andar sozinhas no Rio de Janeiro, pegar ônibus e tudo o mais. Então, um dia volta da aula de lotação, um ônibus pequeno, sem ponto fixo, que só aceitava passageiros sentados. Ela escolhe o lado da janela. Entra um adulto de terno e se senta a seu lado, imprensando-a. As pernas dele, encostadas no assento da frente, impedem sua saída. Ele tenta puxar conversa. Ela adora conversar, mas se sente presa e ele não lhe inspira a mínima confiança. Pergunta coisas estranhas, tais como se tem namorado, o que o deixa fazer com ela e esse tipo de assunto. No início, se faz de surda, até que vê um garoto mais ou menos de sua idade sentado sozinho do outro lado do corredor. Fala bem alto para ele:

— Oi, tudo bem?

...

Apesar da cara de espanto do menino, continua a conversa, pede licença para o "velho" ao seu lado, que deve ter achado que ela o conhecia e se levanta para deixá-la passar. Ela senta ao lado do garoto.

— Desculpa, a gente não se conhece, mas aquele cara está puxando conversa comigo e me ensinaram a não falar com desconhecidos. Por isso vim sentar aqui.

— Mas você também não me conhece.

— É verdade, mas em você eu confio mais.

Quando chega ao seu ponto, salta correndo até a carrocinha de sorvete da esquina.

— ChicaBon, como sempre? — pergunta o sorveteiro.

Antes que possa responder, o desconhecido do lotação aparece e se intromete.

— Por favor, um ChicaBon pra ela.

— Não quero nada!

O sorveteiro não entende seu olhar angustiado e tenta lhe entregar o sorvete:

— Desde que te conheço, nunca te vi rejeitar um sorvete.

Ela corre antes que ele coloque o picolé na sua mão e se dirige à biblioteca infantil que tem na rua, torcendo para que Adela esteja lá com sua irmã. Doce ilusão.

Cada vez mais assustada, corre para seu prédio, onde o porteiro pergunta:

— Tudo bem? Que pressa é essa?

O desconhecido continua atrás dela, o porteiro deve ter achado que está com ela. Ainda bem que tem mais gente para entrar no elevador. Ela está congelada, não consegue abrir a boca. Quando chega ao seu andar (o corredor social do prédio é bem comprido), sai correndo até sua casa e toca a campainha, enquanto o desconhecido se aproxima devagar. A cozinheira está preparando o almoço e, quando ouve a correria, acha que é sua irmã que vem chegando pelo corredor de serviço que fica no andar de cima (o apartamento é duplex) e sobe para abrir a porta. Ela toca a campainha sem parar olhando para o homem, cada vez mais perto. Finalmente Maria (é o nome da cozinheira) desce e abre a porta social. Quando olha para ela, vê a sua cara e o homem chegando, entende tudo, a empurra para dentro de casa e sai correndo atrás dele. Ele dá meia-volta e desce a escada aos pulos, com Maria atrás, chamando-o de tarado e outros nomes que ela nem conhece. Ele some, Maria volta e a encontra encolhida e aos prantos. Tenta consolá-la.

No fim da tarde, a mãe volta para casa e Maria lhe conta o acontecido. Ainda bem, jamais teria coragem de contar isso para a mãe. Resultado: não quer mais tomar ônibus sozinha. Até o final do verão, Adela tem que levá-la e buscá-la na casa da professora. E Maria Otaviana vira uma espécie de heroína para ela.

23

No início do ano escolar, se muda para Brasília, onde o pai vai ser chefe de Gabinete do ministro da Agricultura. Estamos em 1961, a cidade ainda não está pronta. A mãe reclama da secura do ar e da poeira vermelha que se entranha e impede que se use roupa branca. Usa a desculpa de que em Brasília não há bons colégios para meninos (ela e sua irmã são matriculadas num colégio misto, mas é de freiras) e volta com os filhos para o Rio de Janeiro. As duas meninas, uma de treze e a outra de seis anos, ficam com o pai. Ela é semi-interna, vai à escola de manhã e só volta no final da tarde. A irmã só entra à tarde.

Seu pai odeia duas coisas na vida: acordar cedo e dirigir. Para levá-la ao colégio, tem que passar por isso todos os dias. Ela acha divertido que ele, ainda de pijama, dirija o carro hidramático da mãe, que ele não domina, e resmungue o caminho todo, sobretudo quando o carro morre, o que sempre acontece duas ou três vezes durante o trajeto.

Depois de um tempo, ele passa a lhe dar uns trocados para que mate aula alguns dias por semana. No início é uma delícia, mas logo já leu todos os gibis e viu todos os filmes (só há dois cinemas em Brasília) e acha que ficar em casa sem ter o que fazer com a irmã e a empregada é insuportável, e isso a torna incorruptível. A escola é mais divertida.

Quando não ia à escola, por pura falta do que fazer e de juízo da empregada (que não é Adela, que ficou no Rio porque não aguenta o clima de Brasília), as duas ficavam o dia inteiro passando trote pelo telefone. Tudo ia muito bem até que o pai chegou mais cedo e as pegou com a boca na botija. Deu uma bronca nela, claro, e despediu a moça. Resultado: durante algum tempo (até a volta da mãe) ele, que nem sabia o caminho da cozinha, teve que cozinhar para as filhas. Passaram um tempão à base de arroz e ovo frito, suas especialidades. A partir de então, teve que acordar cedo todos os dias para levá-la à escola, até a volta da mãe, que aconteceu depois de matricular os meninos num colégio (de padres, claro).

24

Alguns meses depois da renúncia de Jânio Quadros, sai do Brasil aos treze anos, direto para Madri (onde sua mãe inventa de matriculá-la no balé) e, alguns meses depois, para Sevilha. Tem que aturar mais uma vez a educação que as meninas aristocratas (ela é a única plebeia do colégio) recebem na Espanha de Franco. São preparadas para, ao terminar os estudos, casar e obedecer ao marido ou ir para o convento, opção bem ressaltada nas aulas de religião. Segundo as madres, não é para qualquer uma, apenas as que merecem ouvirão o chamado de Cristo.

— Ufa! Ainda bem!

— Quem disse isso?

— Fui eu. É que já tenho outros planos.

— Tinha que ser você. Quem você acha que é para ter planos?

— Eu sou a Inez, que a senhora anotou no caderninho outro dia porque não disse "eu acho" antes de responder a uma pergunta.

— Você tem resposta para tudo, não é? Sabe mais do que todo mundo, não é isso?

— Claro que não, *ma Mère*. Geralmente não estudo e respondo errado. Mas meu pai diz que depois de um "eu acho" vem sempre uma bobagem. Acredito nele, não devia?

— Saia já da sala! Reze um terço na capela, para ver se a Virgem Maria ilumina um pouco essa cabeça de alfinete. Você tem que aprender que, depois de obedecer a suas professoras e seus pais, vai ter que obedecer a seu marido. Isso, claro, se algum rapaz de respeito se interessar por uma moça de seu gabarito.

— Também não tenho planos de casar um dia, não nasci para obedecer a ninguém.

Na sala ouvem-se risadinhas discretas, o que enfurece a freira.

— Vou marcar seu nome no caderninho outra vez.

— Eu ouço e obedeço, *ma Mère*. Mas, por favor, não esqueça que meu nome é com "z" e sem acento.

25

De volta ao semi-internato cinza. De volta, sobretudo, às aulas de religião.

— Hoje vou mostrar a vocês que a sabedoria divina se espalha em todas as áreas. História e religião são complementares. Na aula de História, vocês estão estudando a maior ação da Igreja contra hereges, infiéis e blasfemos: a Santa Inquisição. Depois que Isabel de Castela e Fernando de Aragão unificaram nosso país, cumprindo a promessa de Fernando aos mouros — "Arrancarei um por um os grãos dessa Granada" —, esses mouros, os judeus e os ciganos que moravam na Andaluzia se espalharam pela Espanha. Os que não fugiram para a África ou a Holanda, terras de pagãos e hereges, foram obrigados a se confessar e assumir a religião católica, para evitar os olhos de Deus e seus raios divinos, representados na Terra pela Santa Inquisição. Nunca se viram tantos hereges, blasfemos e pecadores no nosso país como naquela época. A ordem dominicana se encarregou de perseguir esses pecadores para purificar nossa pátria com a ajuda de bons cristãos, que denunciavam essas pessoas, ajudando no trabalho desses santos padres. Alguns fingiram converter-se, mas eram descobertos por não comer porco, não trabalhar aos sábados e tomar banhos semanais. Como Deus é misericordioso, a Igreja deu a essas pessoas a oportunidade de abjurar suas crenças e heresias diabólicas e abraçar a verdadeira e única religião. Depois das sessões de convencimento, alguns aceitaram confessar-se antes de serem imolados pelo fogo. Como confessaram, tiveram o privilégio de morrer antes da fogueira e ganhar o Céu depois de padecer no Purgatório. Os que não aceitaram nem depois das tentativas de persuasão do Santo Ofício também foram imolados pelo fogo purificador, mas sem essa ação de piedade da Igreja, isto é, foram jogados vivos nas fogueiras da Santa Inquisição.

— Posso fazer uma pergunta, *ma Mère?*

— Pode sim.

— Gostaria de saber qual é a diferença entre os mortos na Inquisição...

— Mais respeito, jovem: na Santa Inquisição.

— ... na Santa Inquisição e os mártires dos tempos romanos.

— Que pergunta absurda! Os mártires morreram defendendo as suas crenças.

— E os que a Santa Inquisição assassinou também não faziam isso?

— Saia da sala agora! Não vou tolerar hereges neste colégio. Terei que chamar a sua mãe.

A mãe dela é católica, mas, graças aos deuses, acredita mais em Dom Hélder Câmara do que em Pio XII. Desta vez, nem rola bronca em casa. O máximo que acontece é uma gostosa gargalhada de seu pai.

26

Chegar ao semi-internato às sete da manhã em jejum (para poder comungar na missa que as alunas são obrigadas a assistir diariamente) é insuportável. Entrar na capela com cheiro de flores murchas, de incenso e de velas é uma tortura. Depois de alguns dias, repara que tem uma menina de sua turma que costuma desmaiar antes do Ofertório. A missa para por alguns momentos, duas freiras levam a aluna para fora. Resolve conversar com ela para saber se o desmaio é real.

— Vem cá, por que você desmaia na missa? Você tem algum problema por estar em jejum ou algo assim?

Rindo, ela responde:

— Que nada! Eu me obrigo a desmaiar.

— Como assim, você se obriga?

— Vou te ensinar, mas não espalha, tá?

— O.k.

— Quando a missa começa, se liga no cheiro das flores e encara a chama de uma vela. Não tem erro.

— Jura? Será que eu consigo?

— Eu adoro, porque quando faço isso as freiras acham que o problema é meu estômago vazio e me dão o café da manhã mais cedo.

É preciso dizer que o café da manhã é a melhor refeição do dia: chocolate quente bem espesso, pão, manteiga, queijo e geleia. Ela acha uma delícia, porque as freiras não são exatamente ótimas cozinheiras, mas chocolate quente não dá para errar. Resolve experimentar no dia seguinte.

Sete horas da manhã, sonolenta e bocejante, entra em fila com as colegas e faz como a amiga ensinou. De joelhos, fixa o olhar na chama de uma vela, sem piscar e tão concentrada que só vê a chama. E aquele cheiro de catolicismo a envolve. Perde a noção de tempo e espaço, e, quando dá por si, está sendo carregada para fora. Depois de sentar um pouco na galeria e seguir as instruções de respirar fundo, a levam até o refeitório, onde sua amiga já está às voltas com o desjejum.

Passa então a desmaiar uma ou duas vezes por semana, para não dar bandeira. Não quer que as freiras aconselhem sua mãe a levá-la ao médico. Sente-se devedora da amiga para sempre.

Anos depois, ao contar essa história, alguém lhe diz que o nome disso é auto-hipnose.

27

O ano letivo está terminando. As notas já foram entregues e ela passa de raspão. Quase repete de ano por causa do comportamento. A mãe foi chamada para conversar com a diretora. Encontraram a foto de um cantor autografada dentro de seu missal. A mãe disfarça o riso. A freira finge que não viu.

— Estamos acostumadas a colocar as meninas no caminho certo, sempre funcionou. Mas acho que a sua filha tem um problema sério. Não sabemos o porquê, mas ela é como um guarda-chuva, impermeável à boa palavra divina. Às vezes parece estar possuída.

A mãe olha para ela com a cara séria e responde:

— Compreendo, *ma Mère*, vou conversar com ela.

Ela pensa: *ferrou! Castigo de novo.*

Em casa, claro, o castigo. Quando pergunta a razão, a mãe diz apenas:

— Você deve saber o porquê.

Mas, desta vez, o castigo é leve e curto. Uma semana no quarto, saindo apenas nas horas das refeições. É assim que ela vive, de qualquer jeito. Uma semana lendo, desenhando, ouvindo seu radinho de pilha, pensando na vida e evitando ficar no caminho da mãe para não levar bronca.

No último dia de aula, reunião com as "maiores" no auditório do colégio. Palestra sobre como se comportar no verão que vem chegando:

— Não é porque é verão que vocês têm que perder o pudor. Cuidado com as roupas, nada de vestidos sem mangas. O comprimento da saia tem que ser o do uniforme (um pouco abaixo do joelho). Se forem à praia, muito cuidado, nada de se deitarem ao sol, permaneçam sentadas, porque o efeito que provoca nos rapazes ver uma moça deitada é perigoso. Se forem dançar, já sabem: não dancem coladas aos rapazes, porque o que um homem sente ao contato de um tórax feminino não é o mesmo que vocês sentem em contato com eles. Satanás se esconde nos lugares mais improváveis.

— Ser homem é pecado, *ma Mère*?

— Faça essa pergunta a sua mãe. Tenho certeza de que vai entender o que eu quis dizer quando falei que você é impermeável à palavra divina.

— Desculpe, *ma Mère*. É que sou brasileira. A pele no Brasil é tão boa que eles exportam.

Chegando em casa, não conta para a mãe, conta para o pai, que, às gargalhadas, repete a história na hora do almoço. Não adianta nada. A mãe ri na hora, mas depois das férias a manda de volta para o mesmo colégio.

28

Hoje é festa religiosa no colégio, mas tem que ir de qualquer maneira. Só tem aula de religião. Além da missa diária obrigatória às sete e meia, tem outra, cantada, para as ex-alunas às dez horas. À tarde, além do terço, tem Bênção cantada também. O resto do dia é para as refeições e o recreio. O recreio é separado por turmas, não pode se misturar nem ficar conversando. Tem que jogar queimado. Enfim... programão.

Quem a leva ao colégio é um motorista de táxi que dirige um Ford Bigode ou algo parecido, daqueles que pegam com manivela na frente. Ele passa recolhendo algumas alunas e as deixa na porta do convento. Pois bem, quando salta do táxi com as outras, vê uma amiga andando e olhando para o chão.

— Está procurando alguma coisa?

— Perdi um brinco, me ajuda a encontrar?

— Como é que ele é?

— Uma bolinha de ouro.

Vão procurando, afastando-se do colégio.

— Acho melhor a gente voltar. Já andamos dois quarteirões e nada. Você deve ter perdido em casa.

— Voltar? Você acreditou na história do brinco? Estamos fugindo de lá, que o dia vai ser chato.

Ela nunca tinha matado aula e acha a ideia ótima.

Só que se esqueceram de alguns detalhes: todos os adolescentes de Sevilha estudam pela manhã. Elas estão com um uniforme que é conhecido na cidade e têm que ser discretas. Não têm grana nem nada para fazer. Passam a manhã zanzando pelas ruas. Na hora do almoço, estão morrendo de fome. Lembram-se de uma colega que almoça em casa por conta de alguma alergia. Sua amiga sabe onde ela mora. Lá vão elas. Ao chegarem, como a menina mora no segundo andar, têm que chamar por ela sem dar bandeira. A mãe dela é severíssima e ex-aluna. Ainda bem que a amiga ouve e vai até a janela.

— Estamos morrendo de fome. Arranja um sanduíche pra gente.

— Vocês são malucas! Vou ver o que posso fazer, tem gente na cozinha.

Sentam-se num degrau e esperam algum tempo.

— Repararam na nossa ausência na escola? Aqui está muito chato. Queremos voltar.

— Claro que sim, acho bom arrumarem uma boa desculpa — diz a amiga.

— Isso é fácil, estou com o uniforme de verão e, como hoje é festa, disseram que iam vistoriar a nossa roupa. Vou dizer que meu uniforme de inverno ficou curto.

Agora ferrou. Ao contrário da amiga, ela está com o uniforme certo, vai ter que inventar outra coisa. Quando se aproximam do colégio, sua mãe vem chegando para deixar a caçula, que só estuda à tarde. Só não a viu porque os deuses são fortes. O carro é um Chevrolet enorme, branco e verde, único carro americano da cidade, e ela o vê de longe. Sua amiga a deixa na esquina e vai para o colégio. Quando sua mãe vai embora, ela entra também, como se fosse a coisa mais normal do mundo. A freira da portaria acaba de ver sua irmã passar e não estranha. Se dirige à sala de estudos, onde as meninas rezam depois do recreio.

Quando acabam, a freira olha para elas e chama com uma voz severa:

— As duas atrasadas, aproximem-se.

Pronto, ela descobriu. Estamos ferradas, pensa.

Mas o colégio é tão severo que a freira nem imaginou que alguém tivesse coragem de matar aula.

— Por que não veio de manhã?

— Desculpe, *ma Mère*, mas quando fui vestir o uniforme de manhã, vi que estava apertado e curto. Para não faltar nem destoar das outras na hora da missa, só vim agora, com o uniforme de verão.

— Volte para o seu lugar. Da próxima vez, experimente o uniforme com antecedência.

— Está bem, *ma Mère*.

— E a senhora? O uniforme está certo.

— É que eu acordei com uma dor de cabeça horrível e minha mãe preferiu que eu só viesse junto com a minha irmã — diz, sabendo que isso pode ser confirmado.

— Já está melhor?

— Estou sim, *ma Mère*. Tive uma crise de fígado. Deve ter sido algo que comi aqui, nem quis jantar à noite.

Ela não perderia a chance de culpar o colégio.

— Está certo, volte para o seu lugar.

Ela está pasma. Como pôde preferir o colégio a ficar vadiando pela cidade? A primeira vez a gente nunca esquece.

Algum tempo depois, quando já está em Genebra, sua amiga lhe manda uma carta contando que matou aula de novo, mas estava com a carteirinha do clube e foi para lá. Estava de biquíni (que usava escondido) na piscina quando sua mãe apareceu para buscá-la. Foi expulsa, mais por conta do biquíni do que por matar aula, e estava na maior felicidade. Iria para outro colégio, menos severo, no início do ano seguinte.

29

Férias de verão. Ela se levanta da mesa do almoço de domingo e sobe para o quarto. Fecha a porta. Hoje é dia de missa, exigência religiosa da mãe.

É claro que sai de casa como se fosse, mas não vai. Frequenta a igreja do bairro de segunda a sábado, inclusive, mas não tem poder no mundo que a faça ir à igreja aos domingos. É um pecado consciente, cometido de propósito, porque sabe que o Deus dela não precisa dela no domingo. Mas está preocupada. Seu pai confessa a quem quiser ouvir que é ateu (ou agnóstico, sei lá), e ela sabe que isso é sujeira. Ela sabe que o Deus dela aceita esse fato, mas e se o Deus de verdade for o austero, profundo e ranheta em vez do dela? O pai não tem a menor chance de se salvar.

Um dia, na aula de religião (ou seria de História?), ouve falar das indulgências plenárias, usadas pelo Vaticano para "levantar fundos" na época das Cruzadas. Essas indulgências limpam a alma do cristão que as recebe ou compra, que fica inocente como Adão no primeiro dia da Criação, antes de Eva, claro.

Ela lê num santinho que, se rezar um terço com fé verdadeira em frente a um crucifixo na igreja, receberá indulgências plenárias. Pensando no pai, passa as férias indo à missa todos os dias (menos aos domingos) e rezando o terço debaixo do crucifixo. Na sua conta-bilidade cristã, o pai será perdoado a cada dia do fato de ser ateu. Às vezes, quando faz uma bobagem qualquer, fica com as indulgências para ela. Na véspera do fim dessas férias de santa, seu pai lhe diz que indulgências plenárias são pessoais e intransferíveis, que nem passa-porte. A mãe confirma. Ela fica desconsolada, mas pensa em seguida que, se Deus castiga quem diz que não acredita Nele, mesmo que seja uma pessoa legal, ela também faria melhor em não acreditar. Fecha os olhos, respira fundo, se desfaz de velhas amarras e encara a vida, debaixo da proteção Dele, como ela o criou.

30

O ano é 1962. Sábado à tarde. Ela passeia com as amigas pelo parque Maria Luísa, em Sevilha. Hoje é dia de "corso", como se chamava no Brasil esse tipo de lazer, sucesso por aqui desde os tempos coloniais. Sevilha na era franquista decididamente não é vanguarda.

Ela é uma adolescente normal, taxas hormonais dentro do esperado. Mas em Sevilha... beijar na boca só noiva, de casamento marcado. Andar com alguém de mãos dadas? É uma audácia menor, mas é tudo o que ela quer. Ainda mais depois de ouvir "Tous les garçons et les filles", da deusa Françoise Hardy. Portanto, lá estão elas no parque. Vai que pinta alguém.

Ao entrar num atalho, um garoto chama a sua atenção. Como nessa época ainda é uma mocinha tímida, desvia o olhar e espera. Primeira lição aprendida nesse dia: quem escolhe o companheiro é a mulher, a fêmea da espécie. Bom saber. O garoto se aproxima, puxa papo até conseguir marcar com ela um cinema no sábado que vem. Nunca saiu sozinha com um garoto, fica meio nervosa na hora, mas logo se acalma. Ainda falta uma semana. Suas amigas estão horrorizadas.

— Você vai ao cinema com um *homem* que não conhece?

— Você é maluca! E se ele te fizer mal?

— Meninas, chega! O que pode me acontecer numa matinê de sábado, cheia de gente, com um garoto da minha idade?

— Mas no escuro...

Tem hora em que ela fica feliz de ser brasileira. Cruzes! Que meninas medrosas!

Só que a semana passa rápido, sábado que vem já é amanhã. Não consegue dormir, passa a noite em claro, pensa na roupa, no cabelo, será legal colocar meias? Meias a tornam adulta, mas essa história acontece antes da chegada da lycra e das meias-calças. As meias são de nylon, o auge da modernidade, ninguém mais usa meias de seda, daquelas lindas, de costura atrás. Têm que ser de nylon mesmo. Chatice. Seu maior sofrimento é que tem as pernas mais grossas do que as das meninas espanholas, e meias são incômodas demais: ou serram as coxas ou ficam sobrando pelas pernas. E ligas, então? Ela acha que não existe nada tão incômodo no mundo, espetam, pinicam, apertam. Mas tem aquela frase que diz (e ela ainda acredita): "Para estar bonita tem que sofrer". E lá vai ela ao encontro de seu Romeu, num equilíbrio precário em cima dos saltos, com as meias cortando as coxas.

O filme é com Sarita Montiel, mas o nervoso é tanto que nem presta atenção.

O garoto, sevilhano e bem-educado, apenas roçou na mão dela, "sem querer". Quando o filme acaba, nervosa, se levanta antes de as luzes acenderem, sai do cinema sem se despedir, voando baixo, e já na rua tira os sapatos e corre em disparada para casa. Só pensa que a rua é escura e, se ele a acompanhar, sabe lá se não vai querer lhe dar um beijo?

Apesar de uma parte dela se achar ridícula, ao chegar em casa passa algum tempo com a sensação de ter escapado por pouco das garras do demônio. Ainda bem para as *españolitas*, o franquismo acabou. E a Igreja, quem diria, se modernizou.

31

Fim de ano. Foi aprovada em quase tudo (raspando), menos na matéria em que fica sempre de segunda época: geografia. No final do ano, o livro ainda tem cara de recém-saído da loja. Que nem o de latim, mas latim dá pra inventar, improvisar e colar na prova escrita, então até dá pra passar. Mas geografia? Ela nunca entendeu nem vai entender a importância de saber quem é o maior produtor de ferro ou criador de gado de corte do mundo. Quem planta mais trigo? Não pretende trabalhar com comércio exterior, aliás, com nenhum tipo de comércio. Enfim... quem elabora os currículos escolares acha que é importante saber. Assim como os fabricantes de brinquedos acham que as meninas têm que brincar de casinha. Fazer o quê? O mundo é desse jeito e, segundo a sua mãe, não é ela quem decide esse tipo de coisa, ainda mais alguém como ela, sem a mínima escala de valores. Porque a mãe dela é assim: "Ou pensa como eu, ou está errada".

Pois bem: final do ano, a bronca de sempre por causa da geografia. A mãe bota a cabeça pra funcionar em busca de um castigo exemplar, e encontra um que ainda tem a vantagem de mandá-la para longe durante um mês. Ainda bem, para ela não é um castigo, é uma Bênção. Um mês inteiro sem ter que aguentar o mau humor materno mandando estudar.

Lá vai ela para Lecumberri, aldeia perdida no país basco que nem sequer consta no mapa. Parece que aldeias com menos de quinhentos habitantes não existem em termos cartográficos. O lugar fica no meio das montanhas. É tão pequeno que só tem uma igreja, um convento de ursulinas de clausura e o lugar onde ela vai ficar, no caso, uma "residência" de teresianas, freiras sem roupa de freiras. A mãe faz a entrega, diz à diretora que quer que ela estude geografia, e vai embora. A primeira coisa que sente é um alívio inegável. As teresianas não parecem freiras, não têm orações nem terços. Se quiser ir à missa, acorde cedo e vá à igrejinha da aldeia, enfim. Muito melhor do que o colégio sevilhano. E longe da mãe, a melhor das vantagens.

O lugar é lindo demais, parado no tempo. Tem luz elétrica e rádio, aí terminam os confortos modernos. O fogão é à lenha, não tem geladeira, os alimentos são conservados numa espécie de gaiola do lado de fora da janela da cozinha da velha casa de pedra. As noites são frias e de manhã a manteiga está gelada. Para esfriar o suco e o refrigerante, baldes ficam submersos no riacho, amarrados com uma corda. O tempo é livre, ninguém manda estudar (se a mãe soubesse!). A cidadezinha não tem ruas, apenas uma estrada na montanha, e as casas dos moradores ficam espalhadas ao redor. Passear por ali quase equivale a uma escalada, é divertido. Durante um mês acorda de madrugada, ouvindo as freiras de clausura e seus cânticos. Parecem anjos. Ainda mais com o eco das montanhas.

Por total falta de assunto, as residentes frequentam as missas diárias às seis da manhã. Essas missas valem por qualquer filme ou diversão que possam existir. O padre é um velhinho que batiza, dá primeira comunhão, casa e enterra os moradores há mais de sessenta anos. Conhece todo mundo e está meio gagá. Dá cascudo nos coroinhas e bronca se ouvir gente cochichando durante a missa, recusa a comunhão a alguns fiéis…

— Não vou te dar a comunhão, você não se confessa há mais de um mês.

Isso quando não se esquece de onde está e fica se repetindo até o coroinha dar o ponto. Divertidíssimo. E o auge (claro que tem um) são os seminaristas. Há no local a tradição de dedicar o filho caçula à igreja, quer ele queira ou não. No verão, eles voltam para visitar os pais e fazem a festa das garotas. O povo basco é muito bonito, sobretudo os homens, e a testosterona paira no ar. O jogo local é o *frontón*, ou pelota basca, um tipo de squash sem raquete, com uma bola duríssima. A plateia se compõe de meninas da residência, e a trilha sonora são suspiros langorosos, audíveis entre os sons das quicadas da bola. Um curral abandonado é usado como local de encontros. Ou uma caverna perto da residência. Tem coisa melhor na vida do que desencaminhar um seminarista? Ouve dizer que alguns deles desistem de ser padres e saem de casa.

O livro de geografia não sai da mala durante as melhores férias de sua vida. Volta corada e feliz.

Passou na prova, tem o dom da fala. Prova oral costuma ser fácil, ainda mais prova de segunda época de geografia. Até as freiras sabem que essa matéria não tem importância nenhuma para uma garota que está sendo educada para casar e ter filhos.

32

O ano é 1963.

Seus pais foram a Portugal buscar o irmão mais velho que voltava de Londres, aonde tinha ido aprender inglês. Ficam ela e seus irmãos menores com Adela, que sempre foi para ela uma vó postiça.

Durante a viagem dos pais, chove torrencialmente em Sevilha. Com medo de inundação, Adela manda levar todos os móveis da sala para o segundo andar. A sala é grande, fica enorme.

No último dia de paz e sossego, resolvem dar uma festa de despedida da independência — que, no dia seguinte, com a chegada dos pais, iria para a cucuia — para aproveitar a sala sem móveis e tapetes.

As músicas da festa são bolerões espanhóis, sevilhanas e o máximo da ousadia: Elvis Presley, para ela o suprassumo da rebeldia. Mas, por essas casualidades da vida, seus pais chegam um dia antes, no meio da bagunça. Ainda bem que, fora a bronca normal (quem ouviu mesmo foi a coitada da Adela), resolvem deixar a festa correr.

O irmão mais velho, um ídolo para ela desde que leu em apenas uma noite *O guarani*, de José de Alencar (céus, ela levou quatro dias corridos!), chega com cara de gringo e com o compacto *Twist and Shout*, de uma banda iniciante inglesa de quatro garotos cabeludos, The Beatles. O cabelo dele está com o mesmo corte. Ela e as outras meninas acham lindo. (Além do mais, ele é um gato.) A música faz sucesso. Vendo que todas cercam seu irmão, os caras, não sabe se por ciúme ou por caretice mesmo, se aproximam dela em bando dizendo:

— Mande seu irmão cortar o cabelo, está parecendo uma menina. Nós não andamos com esse "tipo de gente".

Ela fica tão pasma que nem lhe ocorre perguntar: "Que tipo de gente é esse?".

O lado bom é que a família já está indo embora. O pai foi transferido para Genebra. Depois dessa, fica muito mais fácil partir sem sentir saudade. É solidária ao irmão, que, obrigado pelos pais a cortar o cabelo, reclama furioso de frio na cabeça. Descobre que, pelo menos na época de Franco, o pior lugar do mundo para se viver é Sevilha, lugar incensado pelo pai. Mas é bem verdade que ele nunca foi adolescente nessa cidade linda e preconceituosa. É bem verdade também que, em Sevilha, ele tem o bom gosto de só frequentar ciganos.

33

Em Genebra, pela primeira vez a mãe a matricula num colégio laico. A Escola Internacional. Nos primeiros dias, curiosidade e certa expectativa. Depois de uma semana, começa a pensar se a emenda não será pior que o soneto. Por incrível que pareça, acha uma chatice ter que escolher que roupa vestir todos os dias pela manhã. Isso faz com que tenha que acordar pelo menos meia hora antes. Se fosse só isso, dava para levar. Ao chegar, conhece gente de todas as nacionalidades (afinal, em Genebra tem a ONU), ou melhor, repara que tem gente de todas as nacionalidades que não se falam, não interagem, apenas se subdividem em guetos.

A duras penas, acaba se aproximando de dois alunos: Gunnar, um sueco ou norueguês que se arvora seu protetor e graças a quem consegue notas razoáveis em inglês; e Sílvia, uma cubano-americana que ela adora de cara quando descobre que a menina pediu para estudar do lado francês da escola para evitar o excesso de americanos do lado inglês.

Começa a fugir dos brasileiros, sobretudo das meninas, que considera insuportáveis. Passam o dia inteiro reclamando de saudade do Brasil e achando tudo que não é brasileiro horrível. Está bem, tudo não, adoram o chocolate suíço, claro. E as conversas? Só falam de grifes, maquiagens, férias em hotéis de luxo, isso para elas são assuntos relevantes. Uma delas lhe pergunta o porquê da mania de estar sempre lendo, isso quando não está com aquele varapau nórdico e aquela mulata cubana.

A única aula divertida é a de espanhol, na qual apenas a professora não domina a língua. Durante um mês, é engraçado vê-la ser corrigida pelos alunos. Depois de um mês, resolvem reclamar na direção, pedindo a mudança de professor. Não conseguem. Então, até o fim do semestre, ninguém mais vai à aula. Passam a hora praticando conversação na cantina. Resultado: a turma inteira tem que fazer prova oral de espanhol para ter nota. Na banca, essa figura (coitada) e um professor do primário, que é espanhol. Foi a prova mais rápida de todos os tempos. Na média, um minuto por aluno. Ela entra na sala:

— *Buenos días, su nombre, por favor.*

Ela responde.

— *Su nacionalidad.*

— *Brasileña.*

— *Me parece que entiende usted bien el español. ¿Qué hace aquí?*

— *Ni idea. Eso hay que preguntarle a Mademoiselle X porqué nos puso 0 a todos.*

— *Se lo preguntaré luego. Puede irse.*

Ela sai se sentindo ótima, sobretudo ao ver a professora macambúzia no canto da sala. A mãe recebe um comunicado, pedindo para conversar com o diretor. Resultado: ela e todos os vinte colegas são expulsos por matar aula. Mas a média em espanhol fica lá em cima. Como diria Obelix: *"Ils sont fous ces suisses".*

34

E lá está ela de volta a um colégio de freiras. Mas desta vez ela adora. São teresianas. Não usam hábitos, mas sua roupa não chega a ser comum: camisa de mangas compridas fechada até o pescoço, saia entre cor de rato e de burro quando foge (elas podem escolher), meias opacas de helanca cor de café com leite, sapatos masculinos. Mas sempre é melhor do que as roupas de freiras convencionais. O cheiro é melhor.

Outra vantagem do colégio é que Genebra não fica num país católico, o que faz com que a escola não tenha aula de religião. Isso deixa a mãe arrasada e lhe dá a luminosa ideia de colocar a filhota num grupo de bandeirantes católicas, que é obrigada a frequentar até a chefe pedir à sua mãe que a tire do grupo. Ela não gosta de obedecer a ordens e está semeando a rebeldia entre as outras.

A maioria das alunas é suíça mesmo. Estrangeiras, apenas ela, uma peruana e duas gêmeas vietnamitas cor de açafrão — segundo ela as meninas mais bonitas que já viu. Não rola bullying entre as alunas, o que é raro, e, a única vez em que ela ouve uma pergunta depreciativa, é feita pela mãe de uma aluna, na saída:

— É difícil subir em árvores?

...

— Ouvi dizer que na América Latina vocês vivem em árvores.

A resposta saiu de imediato:

— Claro que não. Os elevadores de lá são muito mais modernos que os daqui.

A gargalhada explode na portaria. Alunas e freiras riem de chorar. A mãe, indignada, sai resmungando e arrastando a filha, que talvez seja a que ri mais alto. Coitada da menina, nunca mais volta ao colégio.

35

Durante toda a vida escolar, em qualquer país, quando as professoras lhe entregam o boletim com notas mais ou menos sofríveis, ouve invariavelmente:

— Que pena! Tão inteligente e tão preguiçosa.

Com pequenas variações:

— Tão esperta e tão distraída!

Esses comentários entram por uma orelha e saem pela outra. Está preocupada apenas em como não levar bronca ao entregar o boletim para a mãe. É o pai quem assina, mas só depois de ser visto pela mãe, que é quem dá a bronca.

Há uma menina que senta logo atrás dela, quieta e tímida, a quem ninguém dá atenção. No primeiro boletim do ano, suas notas, como sempre, deixam a desejar. E, para variar, ouve o recorrente comentário. Não dá a mínima atenção, pega o boletim e volta para o seu lugar. A seguir, a freira entrega o boletim a essa menina tímida que tira a mesma nota, sem nenhum comentário a respeito. Esse silêncio mexe com ela, muito mais do que os comentários ouvidos desde a primeira infância.

Fica remoendo a noite inteira sobre isso e toma uma decisão: vai ajudar a outra a estudar. Durante o mês seguinte, se junta a ela na hora do recreio e estuda. No próximo boletim, suas notas melhoram muito, mas a colega recebe as notas de sempre. É invadida por uma sensação de impotência e fracasso e sua consciência a incomoda durante dias. Tenta até se tornar estudiosa, mas é impossível. Sua mente continua vagando durante as aulas e estudos chatos atrás de nuvens, borboletas e reflexos nas vidraças. Talvez seja o que, anos depois, diagnosticariam como TDA, mas no início dos anos 1960 era apenas falta de vontade e distração.

36

Depois das férias de Natal, quando volta ao colégio das teresianas, no segundo trimestre dá a sorte de ir parar numa turma só de meninas contestadoras e rebeldes como ela. A coitada da professora de francês e latim, uma irmã baixinha que fala sussurrando, não consegue dar conta. Não tem o mínimo pulso, muito menos carisma ou autoridade. No ensino de francês é de praxe botar as alunas para decorar poemas. Estão trabalhando os de Victor Hugo. A aula é uma festa. Todas declamam dramática ou tragicamente os versos memorizados. Uma exagera mais que a outra na própria interpretação, enquanto aplaudem e assoviam. Algumas até sobem nas carteiras, para se sentirem num palco. A irmã não sabe mais como agir. Resolve chamar de uma em uma, com o seguinte discurso:

— Sinto muito, mas tenho que tomar uma providência. Você é a cabeça da turma, vou colocá-la na última fila.

Numa turma de quinze meninas, a irmã diz isso a catorze. Não cabem todas na última fila.

Ela consegue a carteira perto da janela, o melhor lugar da sala. Atrás dela, uma bancada e uma pia para uso nas aulas de química. A partir do dia em que a pobre irmã decide mudar as alunas de lugar, o que já era difícil fica impossível. Todas se viram de costas para a professora e passam as aulas, sobretudo as de latim, contando piadas e fazendo gracinhas.

A coitada surta. Depois de alguns dias, é afastada por causa de uma crise nervosa, segundo a diretora. Ao dar essa notícia, informa que já conseguiu uma ex-aluna, agora universitária, para dar as aulas de latim e francês.

No primeiro dia, entra na sala uma jovem séria e de óculos, com uns vinte e poucos anos. Deixa o material na mesa e começa a dizer:

— Já tive a idade de vocês, tudo o que vocês fazem também já fiz, e ainda me lembro. Portanto, não quero ouvir um pio.

Pega o livro e pergunta:

— Em que ponto estamos?

Todas se encolhem e respondem pianinho, mas ela é carne de pescoço. Abre a pasta, pega um cigarro e começa a fumar, encarando a professora e soltando rodinhas de fumaça.

— Apague esse cigarro agora.

Ela continua a fumar, no silêncio sepulcral. A moça calmamente larga o livro, se aproxima dela, a segura pelo pescoço, a faz levantar, coloca a sua cabeça debaixo da torneira e abre. Estamos falando do inverno suíço. A sala tem calefação, mas nem tão forte assim. A água está gelada. Depois de encharcá-la, a professora diz:

— Ops! Desculpe, achei que fosse um incêndio.

A turma cai na gargalhada. Ela está que nem um pinto molhado, mas acaba rindo também. Até o fim do ano, as aulas de latim e francês são as mais comportadas da escola. A professora passa a ser a sua predileta. Apesar disso, não consegue fazê-la ler e estudar *As Catilinárias*. Para isso existem as colas.

37

Tem quinze anos e, pela primeira vez, vai sair à noite com amigas brasileiras, para ver um show de sua ídola-mor: Françoise Hardy. Teve que usar uma velha técnica, que sempre convence seus progenitores:

— Mãe, posso ir com minhas amigas assistir ao show da Françoise Hardy?

— Algum adulto vai junto?

— O pai da Regina disse que leva a gente.

— Ele só vai levar? Não vai ficar com vocês?

— Não, mãe, quando o show terminar, ele vem buscar.

— Acho uma temeridade deixar vocês sozinhas num teatro.

— Puxa, mãe, aqui é a Suíça, não é a Espanha.

— Acho um absurdo, por mim você não vai, mas pergunte ao seu pai.

Feliz da vida, chega perto do pai, que está lendo um livro na sua poltrona predileta no escritório.

— Oi, pai, você está ocupado agora?

— Mais ou menos, estou lendo.

— É que a mamãe falou para vir perguntar uma coisa.

— O que é?

— Ela disse para conferir com você se a gente pode ir ver um show. Ela deixou, mas disse que só vou se você deixar.

— Ela já deixou?

— Já, sim, só pediu para você concordar.

— Então tudo bem, não volte muito tarde.

A mãe está conferindo com a cozinheira o almoço do dia. Ela entra na cozinha num pé de vento e diz:

— Mãe, papai deixou! O pai da Regina vai passar pra me buscar às oito horas! Vou lá escolher a minha roupa! (Ainda nem chegou a hora do almoço, mas sabe como é...)

Na hora marcada ela está toda arrumada, impaciente. Ainda bem que o pai da Regina é pontual. Afinal, estão na Suíça.

Quando entram na sala, correm para a fila do gargarejo, claro. São quatro garotinhas brasileiras, naquela alegria sonora e saltitante. Ganham alguns olhares reprovadores da plateia, mas no fim das contas é um show da Françoise Hardy.

Quando acaba, depois de dois bis e um mundo de aplausos, ela se afasta das amigas e vai ver se consegue entrar no camarim. Um gorila de terno está na entrada da coxia impedindo a passagem. Não adianta implorar. Mas enquanto tenta convencer o segurança de que é amiga da Françoise, eis que passa a própria, que olha para ela, acha graça no seu desespero e pede ao rapaz que a deixe passar. Em transe, ela entra. A Françoise pergunta se gostou do show, pede uma caneta emprestada, lhe dá um autógrafo na mão e um beijo na bochecha. Quando recupera a voz, agradece, diz que foi o dia mais feliz da sua vida e sai correndo atrás das amigas, que já estão na porta do teatro, esperando pelo pai da Regina. Mostra o autógrafo na mão, conta do beijo e diz:

— Viram só? Quem manda serem medrosas?

Sua maior preocupação durante dois ou três dias é tomar banho sem molhar a mão. Ainda bem que é a mão esquerda, e que ela não é canhota. Se na época já existisse celular, teria conseguido uma selfie com sua deusa.

38

Ela tem uns dezesseis anos, e é sábado. Tem festa. O bom de festa de adolescente na Suíça é que adulto não entra. Está no banheiro, com a porta aberta, tentando dar um jeito nas sobrancelhas — na verdade, na sobrancelha: elas se juntam em cima do nariz e viram uma só, quase como um bigode na testa. Adolescente tem uma lente de aumento e um super-radar sobre seus defeitos. Portanto, lá está ela diante do espelho, arrancando os pelos supérfluos enquanto sofre, os olhos lacrimejam e morre de inveja das meninas suíças e suas sobrancelhas louras, finas e quase invisíveis. A cozinheira da casa passa pela porta do banheiro e, ao vê-la gemendo, lhe dá um precioso conselho:

— *Ay, chica* (trabalhos subalternos na Suíça são executados por latinos: espanhóis, italianos, portugueses e que tais), *pá qué sufrir tanto?* Faz como eu.

Ela olha para as sobrancelhas azuis e circunflexas da moça e pergunta:

— E você faz como?

— Pego a gilete, raspo tudo, aí desenho do jeito que eu gosto. Com lápis azul fica mais suave, sobrancelha preta é muito marcada.

Ela tem que engolir o riso e contar até dez, não quer humilhar a moça. Respira fundo e responde:

— Que ideia legal! Só não posso fazer assim porque minha mãe não me deixa usar maquiagem.

Volta a trabalhar com a pinça e até se convence de que a dor não é tão forte e, afinal, pra ficar bonita tem que sofrer.

39

O pai é transferido para Berna. A mãe desiste de tê-la em casa, pelo menos é o que ela acha. Portanto, lá vai ela de novo, interna nas redondezas de Friburgo. Dessa vez nem liga, é mais velha e está escolada. Até acha bom ficar longe de suas broncas. Nunca descobriu o porquê, mas a mãe não aguenta tê-la por perto. Deve ser coisa de santo, ou de signo. Ela é de Touro, a mãe, de Escorpião. Mas só isso não explica. Ela tem uma filha de Escorpião e gosta muito quando a tem por perto. Enfim. Digamos que a recíproca é verdadeira.

O colégio é lindo, as colegas são ótimas (quase todas) e fica num lugar maravilhoso, tanto que na hora do recreio prefere caminhar (num rebanho parecendo gado, tocado por uma freira... se pelo menos fosse por um vaqueiro ou um caubói... mas não se pode ter tudo). Em nove entre dez fins de semana vai para a casa de uma semi-interna superdivertida, cuja mãe a entende e, *pasmem!*, gosta muito dela. Um adulto gostando dela? Ela achava impossível.

Quando pela primeira vez pega o trem para ir para casa, agora em Berna, que ainda não conhece, fica encantada. A cidade é linda, parece um cenário medieval. Uma cidade de pedras douradas, com milhares de carrilhões que tocam na hora certa, cada um na sua vez; parece um concerto de sinos. Melhor que Genebra, uma cidade fria, antipática e tão pretensiosa quanto o jato d'água que é sua marca e a maior atração turística local. Nessa época em Berna, às oito da noite você não consegue mais jantar. A última sessão de cinema começa às oito e acaba às dez. Pelo menos, ao contrário da Espanha, os filmes são legendados e a censura é até dezesseis anos em vez de dezoito.

Mas suas distrações à noite são em casa, onde o pai sempre recebe intelectuais interessantes, além dos diplomatas que trabalham em Genebra e também querem descansar do embaixador, que, pelo que ouve dizer, é insuportável. A embaixatriz é daquelas que reclamam se um diplomata subalterno usar velas maiores do que as dela. Há uma etiqueta para tamanho de vela. Esse mundo louco nunca deixa de surpreendê-la.

40

De todas as aulas desse internato, prefere as de História. Sempre adorou livros e filmes de capa e espada, e a História da França tem tudo o que ela adora. A professora é uma freira muito feia, mas adorada por dez entre dez alunas. Nas sabatinas ela nunca pede as datas, só o século já está bom. A cada aula, pergunta:

— Quem quer responder hoje?

A aluna que estudou levanta a mão. A professora faz as perguntas e sapeca um vinte (nota máxima no ensino francês).

Ela não gosta de estudar, decorar, nada disso. Talvez ninguém tenha lhe ensinado como é que se estuda. Portanto, nunca é voluntária para responder as perguntas. No fim do mês, quando não dá mais para fugir, arma um esquema com uma amiga: Quando a amiga reparar que está hesitante, levanta a mão e pergunta algo de outro período qualquer da História. Como a professora adora a matéria, esquece que está tomando a lição dela e começa a responder à pergunta da amiga. Ela só tem que ficar em pé até a professora acabar de explicar as guerras napoleônicas durante uma aula a respeito de Luís XIV. Quando acaba, olha para ela e diz:

— Muito bem! Sua nota vai ser ótima.

Outra técnica muito usada por ela, sobretudo nas provas, é contar um filme ou um livro cuja ação tenha se passado no período que estão estudando. Funciona sempre. A professora dá uma nota boa porque, segundo ela, o escritor ou roteirista fez pesquisa sobre a época. Em outras palavras: cinema também é cultura.

Pois bem, um dia, numa prova escrita dada por essa professora, ela termina de responder as perguntas, entrega a folha, volta para seu lugar e se distrai fazendo uma das coisas de que mais gosta e que mais foram reprimidas em toda a sua vida escolar: a caricatura da professora.

Quando está quase terminando, a freira se levanta da mesa e vai em sua direção, sem que ela perceba. Chega por trás e pergunta:

— O que você está fazendo?

Fica sem graça, tenta esconder o desenho, até porque adora a professora e não quer magoá-la. Mas a madre insiste e lhe toma o papel. Depois de alguns segundos (para ela são horas) de silêncio absoluto na sala, a professora solta uma enorme gargalhada e diz:

— Adorei! Estou igualzinha! Posso ficar com ela?

— Jura? Claro que pode, *ma Mère*! — A professora passa a guardar o desenho no bolso e mostra para todo mundo, orgulhosa:

— Não estou igualzinha? Essa é uma das coisas que mais me deixam feliz ensinando! Sempre se encontram alunas criativas e divertidas.

E ela descobre que também pode existir felicidade num colégio de freiras.

41

Internato na Suíça, fim de trimestre, dias antes das férias de Natal.

Para variar, suas notas deixam a desejar. Precisa de uma nota boa em religião para alcançar uma média que não faça a sua mãe deixá-la de castigo durante as férias.

Às vezes, a sorte sorri. A prova de religião (vale nota) é dissertativa, é preciso falar do dogma da Imaculada Conceição. Ela tem ciência de seu talento para encher linguiça em prova oral e, afinal, fazer isso em prova escrita não deve ser tão difícil. Num exercício de memória, relembra todas as coisas que lhe disseram durante anos sobre a Virgem ser virgem. Teve até vontade de rir, pensando no coitado do São José, mas nessa prova não dá para brincar, porque dela depende sua média geral. Faz uma redação linda, duas páginas de papel almaço com a letra mais caprichada possível. Esse sempre foi um dos seus maiores problemas em todos os colégios de freiras em que estudou: sua letra não corresponde ao gabarito do colégio. Mas, dessa vez, ela de fato capricha, escreve como se fosse uma prova de caligrafia.

Alguns dias depois, a madre superiora em pessoa vem à sala parabenizá-la pela beleza da redação. Emocionada, diz que quer que ela leia seu texto para as outras turmas. Ela adora a chance de se mostrar. Vai ler o texto de turma em turma, com a superiora ao seu lado. Depois de terminar o périplo, enquanto voltam à sua sala, a freira lhe diz:

— Estou emocionada com a sua fé. Dado o seu comportamento, nunca imaginei que fosse tão piedosa.

Como já conseguiu a nota, não resiste:

— Que fé, *ma Mère*? Não acredito em nenhuma dessas bobagens, mas tinha que falar delas, precisava de uma nota alta para alcançar a média.

E feliz da vida volta para a sua sala.

42

Nas férias de Natal, chega em casa. Traz na bagagem uma novidade, a HQ de *Asterix e Obelix* que acaba de ser lançada e que comprou na estação. Depois de ler, empresta ao irmão, que também passa as férias em casa (ele estuda no Rio de Janeiro). Eles se esbaldam. A mãe, que gosta de censurar as revistinhas que leem (em Marselha a proibiu de ler *A pequena órfã*, ela nunca entendeu por quê), é a terceira a conhecer *Asterix* e também adora. Em casa só se fala disso. O pai, ranzinza, diz que é subliteratura e perda de tempo. Alguns dias depois ela sobe a escada para ir para o quarto quando vê o pai saindo do banheiro com *Asterix* na mão.

— Ué, pai, lendo subliteratura?

E o pai, tentando manter a pose:

— A pesquisa histórica é muito bem-feita.

A partir desse dia, quem compra os números novos de *Asterix* é ele. O que só faz bem para a mesada dela. Tem até briga para saber quem vai ler primeiro.

Nem parece o mesmo pai que uma ou duas semanas depois, ao vê-la saindo de seu escritório com o *Le Bateau ivre*, do Rimbaud, lhe diz:

— Não adianta tentar ler, você não vai entender nada.

— Será que você entendeu? Ele tinha quase a minha idade quando escreveu este livro.

E tomando emprestada a expressão do Obelix, pensa, *"Ils sont fous ces adultes"*.

43

Por um motivo do qual nem se lembra mais, é suspensa por quinze dias no colégio. Dias, claro, de castigo absoluto em casa. Um amigo espanhol liga para ela (pelo menos a deixam atender o telefone) e a convida para sair à noite.

— Hoje não posso. Fui suspensa no colégio, estou de castigo.

Seu amigo também é da pá virada, só tem ideias geniais.

— Não dá pra você fugir?

— Pra fazer o quê?

— Surpresa, você vai gostar.

Ela adora uma surpresa. Pesa os prós e os contras e chega à conclusão de que vale a pena arriscar.

O garoto vai buscá-la na hora combinada e, lá vão eles, encontrar-se com a turma. Nessa época, a vida social em Berna acaba às dez da noite nas saídas do cinema. A cidade está vazia, nenhum lugar aberto. Depois de ficar jogando conversa fora, seu amigo diz para os outros:

— Vamos lá?

E lá se vão, empilhados em dois carros. Chegam a um muro que ela não conhece.

— Que lugar é este?

— É um clube, só abre no verão. As pessoas vêm aqui tomar banho de rio. Vamos pular o muro, o lugar é lindo. Ainda bem que estão todos de jeans e o muro é fácil de escalar.

Saem explorando o lugar, acham lindo, se divertem, o tempo passa.

Enquanto isso, seus pais descobrem que ela fugiu. O pai liga para o telefone de uma amiga dela.

— Alô, aqui é o pai da Inez, por acaso ela está aí?

— ...

— E o senhor sabe onde está a sua filha?

— ...

— Está dormindo? Vou ligar para a polícia.

Na Suíça, o jeito de educar é outro, os pais são menos protetores com os filhos. Portanto, o pai de sua amiga tenta convencê-lo a não fazer isso, achando que ele vai ligar para a polícia para mandar prendê-la. Seu pai fica chocado, diz ao outro que jamais faria uma coisa dessas com a própria filha e desliga o telefone.

Nessa hora, ele ouve o som de uma moto e vai até a porta. Encontra um policial motorizado que vem trazendo sua filha na garupa.

Seus amigos em Berna são quase todos filhos de diplomatas e têm imunidade. Acontece que o vigia do clube ouviu a algazarra e ligou para a polícia. Quando pediram os documentos e viram apenas passaportes diplomáticos, mandaram vir policiais em motocicletas para levar as meninas para casa. Os meninos estavam de carro, se deram bem.

A partir desse dia, cada vez que alguns deles se juntam, um policial de moto os escolta para impedi-los de fazer algo proibido.

44

Estão chegando as provas de fim de ano. Entre suspensões e outros eventos que não dependem de sua vontade, como a viagem que faz com os pais até a França para assistir à *Morte e vida severina* no Festival de Teatro Universitário, quase não teve aulas de química no último trimestre. Por incrível que pareça, ela é ótima em matemática e também em física. Mas química é uma matéria que trata de coisas e elementos mínimos, o que, para ela, torna a matéria de uma abstração total.

Antes de chegar a esse colégio, outra garota sempre tirava primeiro lugar em matemática, física e química. Quando ela chegou, o primeiro lugar em matemática e física passou a ser dela.

Ela se aproxima dessa colega, a quem já cansou de passar colas de espanhol, e lhe pede:

— Repassa comigo a matéria que perdi? Senão é capaz de eu zerar na prova.

— Bem feito, tomara que zere. Você não é um gênio?

Ela fica perplexa. E, com a raiva que vem da perplexidade, responde:

— É verdade, tinha esquecido que sou um gênio. Mas valeu! Só para constar, vou tirar três pontos a mais do que você nessa prova, me aguarde!

No ensino de francês, a nota alta não é dez, é vinte. Portanto, três pontos lá equivalem a um e meio por aqui. Depois de falar isso alto, toda a turma ouve, e não pode falhar.

Na última aula de química, aproxima-se do professor, que gosta muito dela por conta das aulas de física, e pede:

— Será que o senhor topa repassar toda a matéria do trimestre? Acho que a turma vai gostar.

Ele é gente boa, concorda. Ela nunca prestou tanta atenção numa aula como nesse dia. Nos dois dias que faltam para a prova, estuda sem sentir, enquanto faz as colas, pois a melhor opção para aprender uma coisa é ter que explicá-la em poucas palavras. Mesmo assim, são muitas folhinhas escritas com letra de formiga. Aquilo não vai dar certo.

De repente, lembra, "Sou brasileira, e dizem que mulher brasileira tem coxa grossa…". Uma hora antes do toque de acordar, ela se senta e enche as duas coxas com definições e toda aquela chatice.

Elas só podem ficar com a tabela periódica sobre a mesa.

Chega à sala de aula, procura a rival com os olhos e pisca para ela.

Começa a prova. Está confiante nas colas que tem nas coxas, que o uniforme cobre. Vai respondendo às questões e, lá pelas tantas, repara que nem teve que colar. Entrega a prova e sai da sala. As alunas começam a comparar suas respostas entre si e, numa das questões, todas alcançaram um resultado diferente do dela. Com uma risadinha sardônica, sua rival lhe diz:

— Essa questão vale três pontos.

Ela se corrói de raiva. Quando o professor chega com as provas e começa a entregá-las na ordem ascendente, vai falando nomes e nada do nome dela. Ele fica com apenas duas provas na mão. Ela está uma pilha. Daí o professor chama:

— Dominique! Muito bem, tirou catorze.

E logo depois:

— Inez, estou assombrado! Você conseguiu tirar dezessete. Acertou uma das questões que todo mundo errou, parabéns!

Ela quase tem um troço. Claro que essa Dominique nunca mais falou com ela.

45

Ela está em casa. Fica sabendo que o pai vai a Bruges, a uma convenção de escritores. Lê no jornal que J. P. Sartre estará presente. Entra no quarto onde a mãe arruma a mala dele e pede:

— Pai, li no jornal que Sartre vai estar lá. Você me consegue um autógrafo dele?

Resposta seca do pai:

— Claro que não! Só pediria um autógrafo a ele se ele soubesse quem sou eu.

Fica sabendo depois que Sartre sabia, graças ao sucesso de *Morte e vida severina* em Paris. Mas ela fica sem o autógrafo.

Um ou dois anos depois:

— Pai, sabe quem estava na escola hoje? O Miró! Ele está montando uma retrospectiva lá.

— Você falou com ele? Disse que é minha filha?

Lembrando-se do que ele falou a respeito de Sartre, ela responde:

— Claro que não! Só se ele soubesse quem eu sou.

O pai se lembra e sorri amarelo. Alguns dias depois, o telefone toca.

— *Dígame.*

Uma voz catalá desconhecida pergunta com sotaque carregado:

— *¿Está Joan Cabral?*

— *Está en el consulado. ¿Quien desea hablarle?*

— *Dígale que Joan Miró ha llamado.*

Ela fica muda. Até que ele pergunta:

— *¿Quien está al telefono?*

— *Soy su hija, Inez.*

— *Hablas el castellano mejor que tu padre. ¿Así que ya sabes hablar? Te conocí quando tenías un año. El tiempo vuela. Dile a tu padre que he llamado. Lo llamo otra vez por la noche. Adiós Inez.*

Que coisa! Ele sabia quem ela é. Arrepende-se de não ter ido falar com ele. Mas se consola lembrando que o pai também não falou com Sartre.

46

Último trimestre do terceiro ano do segundo grau.

Ela continua interna no mesmo colégio em Friburgo. Uma das freiras, *Mère* Catherine, conhecida pelas alunas como *Mère* Cacá, consegue tirá-la dos eixos. É bem verdade que não é tão difícil conseguir.

Um dia, saindo do chuveiro, vê a dita-cuja em cima de uma cadeira, olhando para o boxe mais próximo. A freira fica constrangida e diz:

— Estava vigiando para ver se a aluna fechou a torneira.

Ela não entende o porquê da explicação, até porque acredita nela. Acha que as freiras querem mandar até no tempo em que se fica no chuveiro. E a vida continua. Começa então a reparar que *Mère* Cacá gosta um pouco demais de consolar meninas, sobretudo as menorzinhas. Começa a interferir. Cada vez que vê uma aluna mais novinha sendo "consolada", se aproxima, a chama para conversar e a aparta da freira.

Um dia, no recreio da noite, está sentada em cima de um armário baixo, em que as alunas guardam os casacos de frio e as botas. Por algum motivo que não vem ao caso, não está muito feliz. *Mère* Cacá se aproxima dela e pergunta:

— O que foi? Aconteceu algo com você?

Enquanto pergunta, coloca "displicentemente" a mão na sua perna.

— Não tenho nada, estou bem — responde, tirando a mão boba de seu joelho e pondo-se de pé.

A vida continua.

Outra vez, passando por um corredor com duas amigas, vem *Mère* Cacá no sentido oposto. Como se tivessem ensaiado, as três se espremem na parede. A freira pergunta:

— Gostaria muito de saber por que sempre fazem isso quando passo.

As três alunas se olham. Duas se calam, mas ela, como sempre, diz tudo o que pensa:

— É que a gente não gosta que tirem casquinha da gente.

A freira não diz nada, mas, no dia seguinte, ela é chamada na sala da superiora.

— Pois não, *ma Mère*.

— *Mère* Catherine me disse que te pegou fumando na hora do recreio.

— É mentira dela.

— Como se atreve a chamar uma madre de mentirosa?

— Chamo de novo e posso provar. Se a senhora for revistar minhas coisas, verá que só tenho um maço de cigarros e está fechado.

— Por que traz cigarros para o colégio?

— Porque fumo no trem, de volta pra casa.

— As moças direitas do nosso país não fumam no trem.

— Leve em consideração que não sou "direita" nem de seu país.

A freira fica vermelha, vai dizer algo, mas engole e a manda embora.

Ela sai saltitante da sala, certa de que ferrou com a saída do fim de semana, mas não se arrepende.

Chega o sábado de manhã, quando as alunas recebem as notas de comportamento. Se forem baixas, têm que permanecer no colégio e perdem a saída. Na sua vez, a freira lhe dá uma nota média. Ela estranha um pouco, mas fica feliz por poder sair. Na portaria, na hora da saída, a superiora conversa com a mãe de sua amiga, aquela que, só Deus sabe o porquê, gosta muito dela.

Para se fazer de boazinha na frente da mãe da amiga, a freira lhe dá um tapinha amistoso e diz:

— *Bon week-end, ma petite Inez!*

Ela não entende para que essa comédia. A mãe da amiga diz:

— Para que esse teatro, *ma Mère*? Minha filha já me disse que a senhora não a suporta!

(Não é demais essa mãe?)

Ela não ouve a resposta da freira, cumprimenta a mãe da amiga e se afasta.

Em casa no sábado à noite, quase na hora do jantar, o telefone toca. A mãe atende.

— Alô!

...

— Sou eu mesma.

...

— O quê? — diz a mãe olhando para ela com aquele olhar que qualquer filho conhece bem.

...

— Está ótimo assim, obrigada.

Ela desliga e fala:

— Você acaba de ser expulsa do colégio.

— E as minhas roupas, minhas coisas?

— Ela disse que vai mandar entregar, não quer ver você por lá. Que história é essa de fumar no recreio?

— Isso é mentira, mãe, ela está me expulsando porque eu disse a uma freira que não gostava de ser bolinada.

A mãe não acredita e a manda para o quarto sem jantar.

Ela sobe furiosa e, sobretudo, triste. Não por ser expulsa, está acostumada, mas por sua mãe não acreditar nela apesar de saber que não costuma se defender mentindo.

No dia seguinte, a mãe não lhe dirige a palavra durante o café da manhã. Ela desce um lance de escadas e vai para o jardim, que é em declive. Quer chorar, mas não quer testemunhas.

Depois de um tempo, mais conformada, sobe a escada e ouve os pais falando a seu respeito:

— O único jeito vai ser mandá-la a um reformatório, eu não aguento mais!

E o pai:

— Acho que você não está sendo justa, ela nunca foi de mentir para se defender. E eu acredito no que disse da freira, senão por que não a deixariam voltar e pegar suas coisas? Acho que não querem que a notícia se espalhe.

Ela tem certa (pra não dizer muita) dificuldade de se relacionar com o pai, mas, nessa hora, se sente consolada, e a tristeza se evapora como por milagre.

47

Acabam de chegar a Barcelona. Vieram de carro de Berna. Menos o pai, que toma o avião em Genebra com o caçulinha que passou mal no carro. Como ainda não alugaram um lugar para morar, vão para uma espécie de apart-hotel. Ela fica com a irmã num quarto pequeno, e os pais e o caçulinha, numa suíte. Adela está ausente, de férias na Alemanha, que sempre sonhou conhecer. Todas as manhãs ela toma café na suíte dos pais. Como a maioria dos adolescentes (pelo menos os que ela conhece), acorda com um humor do cão e só vira gente depois do café. Um dia, ao entrar no quarto dos pais, encontra uma hippie intrusa e desconhecida sentada à mesa, em seu lugar, e, para o cúmulo da folga, sua xícara tinha sido empurrada para longe, para que a desconhecida pudesse desenhar ou escrever. Na hora em que vai começar a soltar fogo pelas ventas, a garota se vira para ela com o sorriso mais aberto e adorável do mundo e diz:

— Oi! Eu sou a Silvia! Tudo bem?

Ela é tão absurdamente simpática, seu sorriso é tão espontâneo, que o fogo que ameaçava surgir se apaga como por encanto. A partir desse dia, tornam-se as melhores amigas do mundo. Pela primeira vez na vida, ela consegue sorrir antes de tomar pelo menos um gole de café.

Ela é filha de um amigo do pai, acabou de se separar em Roma e resolveu viajar pelo mundo. Está passando um tempo em Barcelona. Conversam o dia inteiro, e ela vê uma hippie de perto pela primeira vez. Esse estilo de vida é um sonho distante para ela. Por mais rebelde que seja, não se sente capaz de largar sua casa, seus pais e seu conforto. Mas fica fascinada.

Um dia, a moça aperta unzinho. Ela nunca tinha visto um baseado ao vivo e se sente um pouco assustada. Sua amiga lhe garante que não vicia. Ela morre de medo de bola, heroína e dos vícios em geral, sabe que é compulsiva, presa fácil. Segundo a sua amiga, maconha vicia que nem chocolate. Se tiver, a gente fuma, senão, tudo bem. Pela primeira vez, ela fuma. E gosta do que sente.

Muitos anos depois, sua amiga se deixa levar por um sentimento de culpa:

— Às vezes me sinto culpada.

— Por quê?

— Porque te apresentei o primeiro baseado. Se não tivesse feito isso, talvez você fosse mais saudável.

Ela dá uma risada e responde:

— Fica fria. Ninguém me obriga a nada. Se não tivesse sido você, teria sido qualquer um. Em Barcelona eu só andava com maconheiro e viciado em bola, que dispensei. Aliás, você também me apresentou outras novidades, e cá estou, saudável, apesar de comer carne, trabalhando, feliz e maconheira. Prefiro deixar o Nirvana para a próxima encarnação.

Sua amiga hoje medita, não fuma mais, não bebe, e continuam amigas como sempre. Uma das maiores qualidades da ex-hippie é sua enorme tolerância.

48

O ano é 1967. Barcelona.

Ela está em crise. Na escola de belas-artes, por conta de uma professora de visão careta e acadêmica, se sente incapaz de realizar seu sonho de ser artista plástica. Essa professora recusa todos os seus trabalhos com as críticas mais estranhas:

— Este trabalho está ruim, você segura o carvão de maneira errada.

— Você não pode reproduzir um felino em planos retos.

E outros comentários do mesmo teor. Lembra que quando disse em casa que queria fazer belas-artes, seu pai avisou:

— Na escola vão castrar a sua criatividade, vão tentar enquadrar você. Além disso, quando eu tinha a sua idade, também desenhava, por isso sou poeta. Não siga o caminho mais fácil, arte é suor.

Ela concorda que arte é suor, mas não consegue concordar com uma professora que interfere em seus trabalhos antes de estarem prontos, dizendo que não pode fazer isto ou aquilo. Até porque essa professora só aceita e dá boas notas a quem faz naturezas-mortas, e acha que criação é apenas arrumar vasos e frutas num arranjo específico. Para ela, arte é cópia da realidade, e fotografia não passa de artesanato.

Como passou todo o seu tempo escolar ouvindo que está errada e que os professores estão sempre certos, se convence finalmente de que deve ser esquisita, porque tem uma visão diferente da realidade. Será que para ser artista reconhecida tem que ser feito gado, pensar como todos? Não entende como Miró, que estudou nessa mesma escola, conseguiu, apesar de tudo, ser Miró, sem precisar dar um tiro em ninguém. Será que para se expressar vai ter que passar primeiro por uma fase acadêmica? Tantas perguntas sem resposta.

Miró, em pessoa, vem a Barcelona montar uma retrospectiva de seu trabalho na escola onde ela "estuda" e ele estudou. A escola fica num antigo hospital medieval, cheio de celas, salas e escadas de alguns degraus entre umas e outras.

A exposição serve de golpe de misericórdia para a sua vocação. Um dos últimos trabalhos de Miró na época chamava-se *Painéis para a cela de um solitário*. Numa cela pequena, três paredes são tomadas por três painéis em branco, cada um com uma linha preta irregular. Depois de ficar sem ação ao ver isso, ela pensa: "A arte acabou. Depois de uma linha, só falta o ponto". Felizmente, consegue se refazer depois de conhecer a arte lisérgica, mas essa também não é a sua praia.

Difícil viver.

49

Deitada na cama, tenta se concentrar num livro do Ray Bradbury para fugir dessa realidade cinzenta que o mundo quer lhe impor.

Da varanda ao lado do quarto, ligada também ao quarto dos pais, ela os ouve conversando. E o papo é sobre ela.

— Ela está muito amorfa, nunca mais desenhou, não se interessa por mais nada.

— Ela sempre foi esquisita, eu acho que ela tem um problema de fígado.

Para a mãe, tudo na vida se concentra no fígado. Faz os filhos tomarem remédios para o fígado em qualquer crise ou indisposição.

— Acho que precisa de terapia. Será que devo levá-la ao meu psiquiatra? Aqui na Espanha, psicanálise é proibida, dizem que é coisa de falta de fé.

— Isso vai ser como jogar dinheiro fora, ela é indomável, não vai aceitar razões que não sejam as dela.

— Mas o psiquiatra vai dar remédios, talvez isso a faça pensar na vida, pode ser bom.

Seus pensamentos viram terremotos. Sente um ódio profundo pela mãe, que sempre tem todas as certezas do mundo e acha que quem pensa diferente deve ser execrado (e isso porque se diz católica de esquerda). Sente raiva do pai, que em vez de conversar e tentar entender prefere enchê-la de bolas e psicotrópicos. Na sua raiva, acha que a razão dessas bolinhas é fazê-la calar a boca, já se imagina sendo lobotomizada. Prefere, portanto, calar-se, fingir que não ouviu nada e simplesmente parar de frequentar a escola. Claro que eles descobrem, e o cataclismo só não é maior porque o pai acaba entendendo — sem precisar de explicações — que ela fugiu porque sentia a sua criatividade abafada.

— Vai escrever, minha filha, não vai ter professores para te coibir.

— E o que faço com as coisas que imagino? Minha imaginação cria imagens, e não pensamentos. Além disso, sou sua filha, todos vão querer que eu seja como você, e não quero isso.

— Escreva em prosa, você sempre tira boas notas em redação.

— Redações têm temas, não sei inventá-los, só sei escrever por encomenda. Se tiver que criar, só penso em imagens.

— Os poetas também.

Isso a faz pensar, mas se sente incapaz de tentar. Resolve desenhar por sua conta e risco, sem ligar para teorias, verdades e críticas alheias. Desiste finalmente ao entender que ter jeito não é a mesma coisa que ter talento. Seus desenhos são "bonitinhos" demais, não expressam o que sente. A fotografia e o cinema a encantam durante anos, mas depender da grana alheia para se expressar a faz se sentir presa a convenções e verdades que não são suas. Também não é o que deseja para a sua vida.

Com a morte do pai, com quem finalmente conseguiu conversar durante os últimos tempos, depois de cinquenta anos sentindo-se inadequada e vazia, a ficha cai: por que não ouvi-lo e seguir seus conselhos?

50

Mil novecentos e sessenta e sete.

No mundo, época efervescente da minissaia, *women's lib*, pílula anticoncepcional, amor livre e queima de sutiãs em praça pública. Em Pernambuco o papo é outro. Seu pai tem um primo usineiro que de vez em quando vai à Europa para caçar (pois é, tem gosto pra tudo) e passa sempre alguns dias com eles. Ela não sabe por quê, mas esse primo se encanta com ela e, cada vez que a vê, lhe diz:

— Você tem que conhecer meu filho. Ele ia adorar você.

Ouvir isso uma vez não incomoda. Mas sempre?

Um dia, irritada (seu estado normal na adolescência), lhe pergunta:

— Você tem certeza de que *eu* vou gostar dele?

— Bobagem. Ele gostando de você é meio caminho andado. As moças do Recife costumam gostar.

Controlando a raiva que sente subir, e com a voz mais angelical, pergunta:

— Será que ele vai gostar mesmo? Até se souber que não sou mais virgem?

E nunca mais tem que ouvi-lo dizer "Você tem que conhecer o meu filho".

51

Sair à noite é complicado. Só pode sair se alguém for buscar e tem que chegar antes das três da manhã. Nunca sai duas vezes com o mesmo cara, e, se pedir que venham buscá-la, a bronca é certa. No Brasil, meninas namoram um cara só de cada vez. Mas, finalmente, resolve o problema: seu vizinho e amigo Jaume passa em sua casa e leva aquele papo careta com seus pais.

— Aonde vocês vão?

— Só os dois?

— Você se responsabiliza por ela?

— Não esqueçam, tem que chegar antes das três.

Ele é educadíssimo, usa terno, enfim, o genro ideal se não fosse gay.

Chegando à portaria do prédio, cada um vai para o seu lado, beijinho de despedida e até amanhã. Muito bom ter amigos prestativos.

E lá vai ela, a noite é uma criança.

O único problema agora é chegar antes das três. Para não ter que esperar acordada, a mãe arma o despertador para três e cinco. Ela tem que chegar antes disso, entrar no quarto dos pais e desativar o despertador. Se o despertador tocar, a mãe acorda, e ela prefere dormir sem sermão ou bronca.

Pois bem. Um dia, ou melhor, uma madrugada, depois de se acabar de dançar numa discoteca, chega em casa quase atrasada e corre para o quarto dos pais torcendo para chegar a tempo de desativar o relógio. Está cansada e quer dormir sossegada. Quando tenta entrar no quarto, surpresa: a porta está trancada. Ela bate, bem na hora em que o despertador começa a tocar. Ouve a mãe, com uma voz meio rouca, diferente:

— O que foi?

— Oi, mãe, sou eu. Tentei entrar para desativar o relógio, mas a porta estava trancada. Por isso tocou.

Ouve o pai que resmunga e a mãe diz:

— Tudo bem, até amanhã.

Ela vai para o quarto encafifada. Nunca tinha visto a porta dos pais trancada. O que será que aconteceu?

De repente a luz: eles estavam transando! Fica chocada com a situação. Sente-se traída. Afinal, seus pais estão velhos (quarenta e sete anos cada um), não têm mais idade para transar, enquanto ela, que tem dezenove anos e chegou a sua vez, tem que agir escondido. De fato o mundo é injusto. E, apesar de cansada, passa a noite remoendo o assunto sem chegar, obviamente, a alguma conclusão que valide sua caretice.

52

Está em Barcelona e, conversando com a cozinheira, ela lhe diz que tinha dois irmãos que morreram na guerra espanhola. Parece que sua mãe ficou de cabelo branco da noite para o dia de tanto desgosto. Cada um deles lutava por um lado diferente. Pois bem: todas as noites a cozinheira espera a última programação do canal de TV (só tem um) para ouvir o discurso que o generalíssimo Franco faz no final da programação. Um dia, ela lhe diz:

— Gabriela, vai dormir, esse cara é um saco! Amanhã você tem que acordar cedo.

— *¡Ay ni pensar!* Seu pai é importante, ele pode encontrar o generalíssimo e dizer que eu não assisto! Não quero ser presa.

Ela tenta explicar que seu pai não tem contato com Franco e que também não gosta dele, mas não adianta. Pelo menos enquanto está em Barcelona, todas as noites, Gabriela senta diante da televisão para ouvir o ditador.

53

Adora Barcelona. Nem se lembra do que seu pai lhe dissera havia alguns anos:

— Eu mando em você até os vinte e um anos. Depois disso, quem sabe de sua vida é você.

A ideia é fugir com o namorado da vez no dia de seu aniversário e ir a Istambul, para começar. Ela quer experimentar o que é ser hippie de fato.

Mas, em meados de março (o aniversário dela é no final de abril), o garoto consegue emplacar uma HQ numa editora e, claro, desiste da viagem. Até porque isso vai calar a boca dos pais dele, que não acreditam que dê para viver de desenho. Apesar de decepcionada, não pode reclamar. Sente que o cara está superfeliz e fica feliz por ele.

Mas, quando chega em casa, fala sem pensar, guiada apenas pela frustração:

— Quero voltar para o Rio.

Seus pais estavam bastante preocupados, porque seu aniversário de vinte e um anos se aproximava e eles sabiam que ela não queria voltar para o Brasil de jeito nenhum. Achava que o Rio de Janeiro, lugar onde não se lembra de ter sido feliz, é o fiofó do mundo.

Como sabem disso, compram a passagem para dali a uma semana. Quando cai em si, fica arrasada: vai fazer vinte e um anos no Brasil, tudo o que ela não queria. Bem feito! Quem mandou não pensar antes de falar?

Portanto, uma semana depois, toma o avião de volta para o Rio. Pode até parecer esquisito, mas é o lugar em que sente mais dificuldade de adaptação. A sensação que tem é a de que as pessoas falam uma língua que ela não conhece. Coisas que ela acha engraçadas chocam as pessoas, que riem de coisas que ela geralmente acha sem graça. Acaba se acostumando.

Anos depois, num Festival Internacional de Cinema do Rio, um dos filmes concorrentes é *El Matador*, de Almodóvar. Acha o filme engraçadíssimo, enquanto o público presente (é a sessão para os jurados) fica num silêncio absoluto. O filme é aplaudido, quem puxou o aplauso foi ela (*é, vida de gado*...). Então entende por que foi tão difícil se adaptar. Cresceu e foi adolescente na Espanha, onde o humor é mais rascante e sarcástico do que por aqui. Quando descobre isso, se aquieta e aceita seu destino: ser brasileira e morar no Brasil.

54

No Brasil da época, a função das mulheres é parir os filhos do marido, tomar conta da casa, estar sempre impecável e cheirosa, de unhas feitas, e perdoar as puladas de cerca — afinal, homem é assim mesmo.

Mulheres de mais de vinte e cinco anos solteiras "vão ficar pra titias". No resto do mundo, as mulheres defendem seus direitos e sua liberdade de escolha, mas em terras tupiniquins essa realidade não passa de sonho para duas ou três das mais ousadas, que frequentam botecos sozinhas, falam palavrões e trepam por tesão, apesar da ideia plantada e alimentada pelos homens: mulher só transa se estiver amando, não tem sexo sem amor. Elas acreditam nisso e se adaptam.

Antes de sua volta, conversando com uma diplomata que trabalha com o pai, ouve um conselho inacreditável:

— Você está voltando para o Brasil e vai ter problemas.

— Que problemas?

— Você não é virgem, nenhum homem vai querer casar com você. Se quiser, te indico um médico que recompõe o hímen.

Durante alguns segundos, ela fica sem fala. Mas respira fundo e pergunta para a moça:

— O que te faz pensar que eu estou interessada em casar, e sobretudo casar com um cara que ache a minha virgindade essencial?

— Você fala isso agora, não conhece a realidade brasileira.

— Puta merda, será que homem brasileiro tem medo da comparação?

— Cruz-credo, coitados dos seus pais!

Ainda bem que o pai nunca se meteu na vida sexual dela. A mãe até tentou, pedindo ao primo e ginecologista para não lhe fornecer receita de pílula (na época, só com receita), na tentativa de dificultar sua vida sexual.

Resposta do médico:

— Você prefere que ela tenha que passar por um aborto?

Ufa! Descobre então que, apesar de rara, existe vida inteligente ao sul do equador.

55

O homem na Lua, era de Aquário chegando, as peças *Hair* e *Oh! Calcutta!* dando o que falar nos noticiários internacionais. Está aberta a temporada do desbunde. No Rio de Janeiro, são facilmente distinguíveis (apesar de às vezes as fronteiras serem meio tênues) as várias tribos. Meninas maquiadas demais e meninos bem vestidos, com roupas e relógios de marca, olham com apreensão e talvez alguma inveja para garotos cabeludos com roupas surradas e meninas com cabelo rebelde demais, que ao andar deixam um rastro de incenso e patchuli. No início são poucos, e conseguem passar invisíveis pelos brutamontes da polícia de repressão aos grupos revolucionários contra a ditadura militar, que o poder chama de terroristas.

Essa é a cidade em que aterrissa, diferente de tudo a que está acostumada. É um choque andar pela cidade barulhenta, suja, onde se joga lixo no chão, ensolarada, linda, alegre, onde a paleta da pele das pessoas cobre todas as cores e onde todos falam português brasileiro.

Nos anos em que esteve fora, se acostumou a usar sua língua materna como código cifrado, entendido por poucos. Como quando interna na Suíça: ao sonhar em voz alta, ou escrever ideias e pensamentos, usava o português como proteção instintiva. Nunca chegou a ter uma ideia precisa do perigo do qual tanto queria se proteger.

56

Recém-chegada ao Rio, não conhece ninguém, a não ser a sua amiga hippie. Liga para ela. A moça fica feliz:

— Que legal! Adorei saber que está aqui!

Ela está tão insegura, com a autoestima tão baixa, que responde:

— Por quê?

Ainda bem que a amiga não fica chateada, acha o máximo e morre de rir com a resposta. Mas ela se sente envergonhada pelo resto da vida. Tem a sorte de essa amiga morar no Solar da Fossa, um dos lugares mais icônicos do Rio de Janeiro na época. Antigo asilo de idosos, atual refúgio de artistas sem grana para alugar mais do que um quarto. Vai visitá-la e conhece um monte de gente interessante.

Um dia, sua amiga lhe diz que recebeu um presente especial dos States, mandado por uma conhecida. No embrulho, disfarçada num batom, além de outras maquiagens, mescalina. Ela vibra. Fora um baseado ou outro, nunca provou essas coisas. Com mais um amigo, resolve provar, e lá se vão eles até a murada da Urca. Depois de um tempo contemplando o nada, ou talvez tudo, decidem visitar um casal adorável, onde passam a maior parte da "viagem". A moça amiga (acho que entrou na carona) vira a noite com eles contando casos ótimos, enquanto ela contempla uma parede branca. Nunca viu parede mais linda. Branca? É colorida e respira, parece estar viva. Lá pelas tantas, a amiga vai ao banheiro. De repente:

— Socorro! Eu sumi!

A dona da casa corre até o banheiro, traz a garota de volta e, às gargalhadas, explica o motivo do susto. Sua amiga resolveu olhar-se no espelho e viu... nada. Nada além de uma superfície branca como o resto do banheiro. A dona da casa, depois de acalmá-la e ainda rindo, explica:

— O espelho do banheiro quebrou, tirei os cacos e ficou apenas a base branca.

Depois desse dia, experimentou quase tudo o que rolava na época. Um dia, viajando de ácido, se sentiu num quadro do Escher. Estavam sentados na beira de uma piscina vazia, cheia de mato, com um poste caído no fundo, como se estivesse saindo da lateral da piscina. Quase teve uma *bad trip* quando viu perto dela uma aranha enorme e cabeluda. Chegou a subir no teto do carro no qual tinham chegado. Continuou assustada, o carro era preto. Foi salva por sua amiga, que lhe disse que, se fosse medrosa, veria sempre seus medos quando estivesse viajando.

Uma vez, andou a noite inteira pelas ruas da zona sul, e acabou indo a pé até São Conrado, por cima da muradinha. Em outra ocasião, foi ao Jardim Botânico à cata de uma muda de peiote (lá tinha), mas infelizmente ficava num viveiro trancado.

Só nunca se ligou em cocaína. Ela já se sente desse jeito sem tomar nada, é angustiante. Pra que potencializar uma sensação desagradável?

Finalmente um dia ela cresce, o mundo muda e o sonho acaba.

57

Chegou ao Brasil há três meses. Vai assistir à pré-estreia de *Macunaíma* numa sessão da meia-noite. Adora o filme. Na saída é apresentada a um cara, que depois de algum papo a chama para trabalhar num *storyboard* no dia seguinte, às oito da manhã. Já são duas e meia da madrugada e ela pergunta, depois de anotar o endereço em Santa Teresa:

— Às oito horas ou às oito de carioca?

Está começando a conhecer as manias nacionais, entre elas o atraso sistêmico.

— Às oito em ponto, de verdade.

No dia seguinte, às oito em ponto, chega à casa do cara. A empregada abre a porta e, quando ela pergunta por ele, lhe responde:

— Deve estar dormindo.

— Dá para você ir chamar?

— Não vou acordá-lo, ele costuma dormir tarde.

— Se você não for, vou eu. Estive com ele às duas da manhã e ele marcou comigo. Se eu cheguei, ele pode acordar.

Antes de a moça conseguir responder, ele surge, de banho recém-tomado e barba feita. A empregada não acredita em seus olhos.

— Tudo bem, fulana, pode deixar comigo.

Ele lhe oferece um café e diz que devem esperar alguém mais que vai chegar. Ficam fazendo hora, conversando durante um tempão. Depois desse tempo (umas três horas), ela está completamente seduzida, e ele comenta:

— Acho que levamos um bolo.

— Não podemos ir começando?

E ele, com uma cara maliciosa:

— Podemos fazer algo mais divertido.

Horas depois, ele pinota na cama e diz:

— Caramba! Tinha que encontrar a minha namorada às oito da noite!

Pensa alguns segundos e completa a frase:

— Tudo bem, agora é tarde, amanhã encontro com ela para terminar. Onde é que a gente estava mesmo?

Resultado: ao cabo de um mês, mudou-se para a casa dele, de onde só saiu oito anos e dois filhos depois. E até hoje ela tem certeza de que a terceira pessoa era uma desculpa e que esse foi o único dia em sua vida em que ele acordou cedo sem ser para filmar.

58

Às vezes pensa que homem devia ser que nem zangão, que só serve para cruzar e depois morre. Não se imagina matando ninguém, claro. Não se vê como uma viúva-negra. Apenas não entende por que ficar só com um, se há tantos no mundo. No fundo, o que ela pensa é que se homem pode pular de flor em flor, por que mulher tem que se contentar com um só, pra não ficar falada? Mas aí... conhece esse cara mais velho, de trinta e sete anos (logo ela, que até esse momento não confiava em ninguém com mais de trinta), e fica fascinada. Ele é sensível, criativo e, sobretudo, a faz rir. Já o conhece há duas semanas e descobre que não consegue mais viver sem ele. Decide tomar as rédeas e o pede em casamento. Ele se emociona, sorri e responde:

— Claro que eu topo, mas sou desquitado, não posso casar, por aqui não tem divórcio. Acho que seus pais não vão aceitar.

— Quem tem que aceitar sou eu, não meus pais. Aliás, acho que isso não tem importância para eles. Talvez minha mãe gostasse de me ver de branco entrando na igreja, mas minha irmã pode realizar esse sonho. Para mim, essa é uma de suas melhores qualidades. Acho casamento meio antigo, não faço questão de mudar de nome.

Pois é, na época, ou a mulher perdia seu sobrenome ou anexava o sobrenome do marido ao seu. Ela não quer isso. Acredita em numerologia e não gostaria de mudar seu número, que é um.

Decidida, chega em casa às três horas da manhã e invade o quarto da mãe. Seu pai está em Barcelona, o que facilita as coisas.

— Mãe, você está acordada?

— Mais ou menos, o que você quer?

— É só para avisar que vou sair de casa amanhã, vou me casar.

A mãe dá um pulo.

— Como assim? Vai casar com quem?

— Tanto faz o nome, mãe, você não conhece.

— E você não acha que eu deveria conhecer o homem que vai ser meu genro? Você o conhece há quanto tempo?

Ela sabe que se disser a verdade, a mãe vai ter um troço, então mente:

— Há quatro meses. Conheci logo que cheguei.

— Estamos na madrugada de terça para quarta — diz a mãe. — Tem que ter pelo menos um jantar para marcar a data, não é? Chame-o para conhecer a mim e aos seus irmãos no sábado. E, assim que amanhecer, ligue para seu pai, ele tem que aprovar.

— Aprovar? Quem tem que aprovar sou eu. Mas tudo bem, escrevo para ele amanhã, para comunicar.

E, satisfeita da vida, vai dormir.

No dia seguinte, assim que acorda, vai à casa dele para lhe comunicar que sua mãe quer que vá jantar na casa dela no sábado.

Ele fica cabreiro.

— Tenho que pedir a sua mão com data marcada? Não gostei, prefiro ir agora, quando ela não está esperando.

— Então vamos.

E lá vão eles. Quando chegam, a mãe e a irmã fazem faxina no apartamento da família (estavam morando num apartamento emprestado por um amigo, enquanto esperavam que o deles desocupasse, o que havia acontecido cinco dias antes), onde preparam tudo para que ela e os irmãos fiquem morando quando elas voltarem para Barcelona.

Tocam a campainha, a mãe abre a porta. Fica constrangida ao se deparar com um desconhecido, toda descabelada com uma vassoura na mão. Olha para ela com a cara feia, só falta rosnar. Sua irmã, que está lavando a varanda, olha curiosa, mas não se aproxima.

Ele se apresenta e diz:

— Soube que a senhora queria me conhecer, muito prazer. Estou aqui para pedir a mão dela.

— Você a conhece direito? O mínimo que tenho a comentar é que pelo menos você é corajoso.

...

— Que isso, mãe? Corajoso por quê?

— Minha filha, te conheço há vinte e um anos. Daqui a um mês, você se cansa e cai fora.

Ele está assombrado, nunca imaginou ouvir isso da futura sogra.

— Que absurdo, mãe, o que ele vai pensar da gente?

— Por acaso é mentira? Nunca te vi mais de um mês com o mesmo rapaz.

Antes que a barra suje de vez, ele resolve intervir:

— É que ela nunca encontrou ninguém como eu, não se preocupe.

— Se eu cansar dele a gente separa, nem vai ter papel para assinar.

A mãe se dirige a ele:

— Está vendo? Ela nunca levou nada a sério. Por isso que eu disse que te acho corajoso.

E virando-se para a filha:

— Isso não é jeito de encarar um casamento.

— Sem drama, mãe. A gente se gosta agora, e é isso que interessa. O Vinicius não falou "que seja infinito enquanto dure"?

A mãe desiste, mas continua fazendo questão do jantar, nem que seja como um arremedo de ritual. Inclusive porque assim atrasa alguns dias essa loucura.

Passa os dois dias seguintes pensando na carta que tem que mandar para o pai. Finalmente escreve:

Querido papai, a mamãe queria que eu te ligasse para pedir permissão, mas, como é apenas para comunicar, achei que uma carta faria o mesmo efeito. É o seguinte: sábado vou me mudar, estou indo morar com um cara...

Continua nesse tom, manda beijos, assina e bota no correio. Finalmente, depois de alguns dias, chega a resposta por telegrama: *"Parabéns, felicidade, João e Joãozinho"*. Joãozinho é seu irmão caçula e afilhado, que ficou na Espanha com o pai.

Ela se muda para Santa Teresa e vai ser feliz.

59

Uma das pessoas que ela sempre adorou ver em sua casa foi Dom Hélder Câmara, chamado por todos de Dom. Ele foi o único santo que ela conheceu. Quando estavam na Suíça, cada vez que tinha que ir ao Vaticano, passava para visitá-los. Ela acha que ele foi o único padre de quem seu pai gostava. Ficavam horas conversando. Quando foi ser arcebispo do Recife, também passou algumas noites em sua casa, quando vinha ao Rio. Como o apartamento era menor, dormia no sofá da sala.

Um dia (ela já estava com seu companheiro em Santa Teresa), foi visitar a mãe e o encontrou lá.

— Oi, Dom! Legal ver o senhor por aqui.

— Sua mãe me disse que você estava sem graça de falar comigo.

— Eu? Por quê?

— Ela me disse que o problema era que você não casou na Igreja.

— Nem no civil, Dom, mas não me arrependo.

— Faz você muito bem. Eu disse a sua mãe: "Você acha mesmo que Deus tem tempo de ver se as pessoas que moram juntas assinaram um papel? Acho que Ele tem mais o que fazer".

Rindo, ela responde:

— Obrigada, Dom, estou lhe devendo essa!

60

Em 1969, ela mora em Santa Teresa com o companheiro e um vira-lata chamado Zé. Estamos em plena vigência do AI-5. Ainda não se acostumou à vida na cidade. Durante dois dias, ao chegar ao trabalho, recebe o seguinte recado (não tem telefone em casa):

— Ligaram para você. Ele disse que era o seu médico e pediu seu telefone.

Ela acha no mínimo estranho. Seu médico é primo de sua mãe, e tem como encontrá-la quando quiser. E não sabe onde ela trabalha. Mas, cheia de coisas para pensar, esquece o assunto.

Dois dias depois, ela e o companheiro estão chegando em casa. É um sobrado e, no meio da escada, ao olhar para cima, veem que a luz está acesa. Ele, mais escolado que ela, tenta descer, mas atrás deles vêm subindo dois gorilas. Quando chegam lá em cima, ouvem ao longe o latido do Zé. Apontando as armas para eles, uns caras os prendem. Sem entender nada, ela pergunta:

— Onde está o cachorro?

— Ele tentou nos morder quando chegamos. Agradeça ao capitão, que adora cachorro, não termos dado um tiro nele. Ficou trancado no banheiro de serviço.

Seu companheiro, menos alienado que ela, perde a cor. Ela, com sua petulância normal, pergunta:

— Estão levando a gente para onde?

— Vocês vão ver quando chegarem.

Ao sair, esse "capitão" (com roupa de civil) diz a alguns deles:

— Fiquem aqui e revistem tudo.

Ao chegar à Polícia do Exército, na Tijuca, ouve os caras dizendo:

— Separem os dois.

Portanto, cada um fica numa sala. Ela fica sozinha num aposento onde nas paredes há cartazes feitos à mão, com frases como: "Se dizem nacionalistas, mas não sabem de cor o hino nacional". Outro diz: "Continuem matando, a vitória é nossa". Enquanto está nessa sala, pelo vidro da porta vê um cara com a cabeça encapuzada sendo levado por dois milicos, que o enchem de porrada. Ela parece estar vivendo um pesadelo. Algum tempo depois — dez minutos? uma hora? (o tempo perdeu o sentido) —, chegam dois militares trazendo seu companheiro algemado, e um deles diz:

— Não deixem que se comuniquem.

Eles o largam na sala e a levam embora. Ela entra num cômodo onde estão os gorilas que os prenderam, inclusive o "capitão".

Um dos sujeitos pergunta:

— Esse cara é seu marido?

— É sim, por quê?

— Seu marido, não, seu amante — diz o militar olhando fixamente para o seu decote.

A velha irreverência se manifesta:

— É o cara que está me comendo. Tá com inveja?

O cara franze as sobrancelhas e dá um passo na sua direção. A sorte é que o capitão está no papel de tira bonzinho e segura o cara pelo braço.

Outro homem tira um pano que cobre uma bacia grande. Dentro da bacia, três ou quatro filhotes de jacaré. A trilha sonora é de gritos, amplificados pelo eco da entrada do quartel. Ela está apavorada, mas não vai dar o gosto de demonstrar para os caras.

— Que gracinha! Adoro filhote! Posso ficar com um?

— Quer dar uma de corajosa, é? Bota a mão aí dentro. Seu amante ficou com medo.

— Jura? Eu adorei. Só não entendo bem como é que coleciona jacaré e tem medo de cachorro.

Antes que ele consiga responder, entra um soldado que diz:

— O major está esperando por ela.

Enquanto a leva para falar com o major, cruza pelo corredor com seu companheiro, algemado, ainda branco como um papel.

Então se lembra de um filme que viu há pouco tempo. É um filme com a Brigitte Bardot. Ela é uma espiã que se faz de idiota para passar por uma barreira da polícia com um cadáver no banco do carona do carro. Faz aquele beicinho característico e diz para o guarda, com a voz mais ingênua:

— Ele bebeu demais.

O policial vira a lanterna para a cara do defunto e a deixa passar.

Resolve que vai tentar usar a mesma tática, afinal, cinema também é cultura e tem o que ensinar. O major está atrás de uma escrivaninha enorme.

— Onde você estava na noite de quinta-feira passada?

— Em casa.

— Isso é mentira.

— Juro que não, moço. Cheguei em casa às nove da noite e não saí mais.

— E antes disso? Às sete da noite?

A ficha cai. Ela acaba de chegar da Espanha, onde sete da noite é sete da tarde. Ainda está no fuso de lá. Suspira de alívio e responde:

— Estava com a minha mãe, fazendo a mudança, trazendo os meus pertences para Santa Teresa.

O major aceita a explicação e lhe mostra uma pilha de fotos:

— Veja se conhece alguém nestas fotos.

O medo volta. Voltou para o Rio há apenas alguns meses. Muitos amigos antigos, ela nunca mais os viu. Mas, e se nessa pilha de fotos tiver alguém que conheceu no passado? Sabe que é incapaz de fazer *poker face*, tem medo de se denunciar. Ainda bem que não sabe o endereço de ninguém. Para distrair o major (se ficar em silêncio ele pode vigiar suas expressões), ela tenta fazer graça:

— Estou me sentindo num filme de faroeste. Procura-se vivo ou morto?

Sente um alívio enorme ao não reconhecer ninguém. A essa altura o major já a rotulou de filhinha de papai alienada, sem nada a denunciar, e a deixa ir. Saem do quartel e entram numa perua da Polícia do Exército para voltar para casa.

Ao entrar no carro, vê a tia e um de seus tios, que também foram presos. Descobre depois que, como sua mãe a levou com seus pertences no Fusca da tia, e entraram na casa pela porta de cima, que fica de frente para a casa de um figurão do Exército, a movimentação chamou a atenção dos milicos e a família inteira se tornou suspeita.

Voltando para casa, o motorista, um soldado enorme, lhe pergunta:

— Ficou com medo, não é?

— Moço, você já leu *O processo*, do Kafka? — leva um chute do companheiro. — Devia ler, pois foi assim que me senti. É a história de um cara que vai preso e é julgado por algo que ele nem sabe o que é.

Outro chute do parceiro.

Ao chegar em casa, quando entram, alguns gorilas ainda estão lá. Um deles se aproxima com uma latinha de filme fotográfico com maconha dentro:

— Isso é seu?

A latinha estava escondida na sua gaveta de calcinhas. Fica furiosa pela invasão de privacidade, mas não pode negar.

— É, sim, ganhei de presente de um amigo, mas não gostei.

— Então como é que seu amante disse que não era dele?

— Porque era meu, ele nem sabia.

O cara guarda a latinha no bolso. O "capitão" veio junto, então ela lhe diz:

— Acabamos de sair de uma fria, será que essa maconha vai me trazer problemas?

— Que nada, ele vai fumar!

Ela fica furiosa, mas melhor ficar quieta. Quando eles vão embora, entra no quarto, joga todas as calcinhas no lixo e corre para tomar um banho. E, para o resto da vida, conserva um medo irracional de qualquer farda, até de farda de escoteiro.

61

Ela tem vinte e dois anos, seu companheiro, trinta e oito. Vivem há pouco tempo na casa linda de Santa Teresa, mas, por imposição da mãe dele, vão morar na casa onde ele passou a infância e adolescência, na zona norte, em Vila Isabel. É uma rua pequena, quase uma vila. Como morou lá alguns anos antes, é conhecido no bairro, onde ainda moram os amigos de infância, hoje casados com um ou mais filhos. Todos sabem que ele foi casado e está desquitado. Divórcio não existe no Brasil do AI-5, portanto, na cabeça desses caras, ela é uma vadia.

Cada vez que se aventura fora de casa para ir à padaria ou à quitanda, tem um engraçadinho, "amigo" de seu companheiro, que fala merda quando ela passa. Mas quando sai com ele, nem olham para ela. O mais engraçado é quando cruza com eles acompanhados por mulher e filhos. Escondem-se atrás dos carros, atravessam para a outra calçada. Ela até pensa em lhes dirigir a palavra nessas horas, mas… que preguiça. Não entende bem como seu parceiro pode ter sido criado nesse meio e ser um cara normal. Saudade de Barcelona.

Estamos no início dos anos 1970. Em Ipanema e em toda a zona sul os hippies estão surgindo. Ela tem a impressão de conhecer todos os cabeludos da cidade. Ainda são poucos e, claro, estão longe de Vila Isabel. Para a vizinhança são bichos raros, quando são apenas "bichos--grilos". A casa é térrea, têm que manter as janelas fechadas porque os vizinhos se amontoam na frente para olhar para dentro. Vivem nessa situação durante quase um ano, apesar de ela pedir sempre para mudarem de casa. Segundo ele, têm que ficar, a casa é de sua família e, como queriam tirar os locatários, resolveram que ele iria para lá.

Na época, pelo menos, só dava para retomar um imóvel alugado se o dono fosse morar lá. Eram cinco irmãos e a mãe, mas claro, como ele era "artista" (numa família de milicos), decidiram que era o único "disponível" para esse tipo de sacrifício. Um dia, ela não aguenta mais e pergunta a ele:

— Você faz questão de mim?

— Que pergunta é essa? Claro que sim!

— Então tem um mês para arrumar um lugar para a gente morar na zona sul.

— Você é mimada, hein? Temos que ficar aqui um ano pelo menos.

— Sorte sua. Daqui a um mês faz um ano que estamos aqui. Vamos começar a procurar, porque não passo aqui nem um dia a mais.

— Tenho que dar essa força para a minha mãe, e eu gosto de morar aqui.

— Tudo bem, eu saio. Você fica para obedecer à mamãe.

E vai tomar seu banho.

Descobre que ele gosta mesmo dela. Um mês e uma semana depois desse papo, se mudam para o Cosme Velho.

62

Depois de tentar por mais de três anos, finalmente a boa notícia: está grávida!

Como todas as grávidas de primeira viagem, está impaciente. Acha que a barriga demora muito para crescer, fica horas no espelho se olhando de perfil, imaginando o neném dentro dela. Finalmente, depois de alguns meses, já está dando para reparar. O orgulho é imenso, e quando anda estufa a barriga para chamar a atenção.

Acordou com saudade, vai visitar a avó. Das mulheres da sua vida, as que ama mais são sua avó e Adela, sua vó postiça fantasiada de babá.

Quando chega à casa de vó Baby com a barriga estufada, a vó repara:

— Que lindo! Já está com uma barriguinha!

Mas sua tia-avó, que está lá e é uma peste, beata vestida de preto, do tipo que só dá esmola na igreja se o padre estiver olhando, sempre com cara de quem chupou limão em jejum, a desaprovação saindo por todos os poros, retruca olhando para ela:

— Você devia estar com vergonha, não devia nem sair de casa. Essa criança que vai nascer é filha do pecado.

— Acho melhor você deixar a Inez quieta.

— Puxa, tia, cadê a sua compaixão cristã?

— Não vou aceitar nunca uma criança responsável pelo fim de um casamento.

— Melhor deixar a Inez quieta.

— Essa criança não destruiu casamento nenhum. E não estou entendendo: segundo a sua visão, essa criança é bastarda. Tudo bem, não vou discutir. Mas você se ajoelha em adoração diante de outro bastardo, filho de outro e de uma mulher casada, que fez o marido de corno.

A tia se engasga, arregala os olhos chocada, enquanto a avó, que também é católica, mas do bem, lhe diz:

— Eu avisei que era melhor deixá-la quieta.

Sua tia vai embora e ela dá um beijo estalado na avó:

— Você é a melhor avó do mundo!

E lá se vão elas tomar o chá da tarde com pão fresquinho que a cozinheira acabou de trazer da padaria.

63

É uma menina, ela tem certeza. Seu parceiro também tem certeza. Tanto que escolhem apenas um nome de menina. Durante a gravidez, cada vez que ele coloca a mão na sua barriga, ela sente a menininha nadar em direção à mão do papai. Acha incrível, assim como ele, mas tudo bem, afinal, é o pai dela. Os meses passam, a barriga cresce e, finalmente, no dia da República, ou melhor, no dia do Flamengo, nasce a garotinha. Seu companheiro está filmando no Ceará e quem espera o parto com ela é sua mãe, que reclama o tempo todo do nome que escolheram: Dandara.

— Isso não é nome de gente, tomara que seja menino.

Depois de muito ouvir a mãe resmungar, entre uma e outra contração, ela diz:

— Acho melhor você torcer para ser menina, se for homem vai se chamar Gumercindo.

Essa ameaça cala a boca dela. Quando o obstetra, que é primo da mãe, entra no quarto, esta começa a reclamar dizendo que não quer que a filha sofra e o intima a lhe dar uma anestesia.

— Parir dói muito, não quero vê-la sofrer!

Mas ela quer o parto normal, o mais natural possível. Passou a gravidez tentando convencer a mãe de que se parir é da natureza, não pode doer tanto que ela não possa resistir.

O médico conhece a peça, são amigos desde sempre. Vê que está deixando a filha nervosa e lhe diz:

— Stella, você trouxe uma fita cassete?

Pois é, nessa época ainda existia isso, estamos em 1973.

— Tinha que trazer? Ninguém me disse nada.

— É para gravar o primeiro choro do neném.

A mãe sai em disparada para providenciar a fita. Assim que ela sai, entram as enfermeiras, a colocam na maca e a levam para a sala de parto. Ela respira fundo e agradece ao médico. Quando chegam, ela vê a cadeira obstétrica e, depois de contemporizar, o convence de que, se ele a deixar mais na vertical, a gravidade vai ajudar e ela não terá que fazer tanta força. Finalmente ele topa, apesar de nessa posição ele ficar mais desconfortável, mas ele é simplesmente o máximo.

Na terceira contração nasce ela, sua menininha, Dandara. O médico, que fez dois dos partos de sua mãe, então do lado de fora, lhe diz antes que ela reclame por não a terem deixado entrar para entregar a fita:

— Ela é melhor parideira que você, não disse nenhum palavrão. Não se preocupe com a fita, sua neta não chorou, apenas resmungou, como se soubesse o que a espera pela vida afora.

64

É pequenininha, vermelhinha, a cara do pai. Um dia, ela tem um mês e meio, ele chega em casa, ela olha para ele e diz:

— Papai.

Os dois ficam pasmos. Como é possível? Tentam contar para os outros, mas como a neném nunca mais repete, ninguém acredita, claro. Ao completar dois meses, leva a filha ao pediatra e, enquanto espera, conta o caso para a recepcionista, que ri, junto com as outras mães presentes:

— Meu Deus! Essa menina deve ser um gênio!

Quando todos param de rir, ouve-se uma vozinha dizendo, com segurança:

— Papai.

O queixo da moça cai. As mães assombradas se calam. Depois dessa, nunca mais repete a proeza, mas pelo menos não a deixou passar por mentirosa. E sobre a filha ser um gênio? Disso ela nunca duvidou.

65

O primeiro conselho do pediatra foi:

— A primeira mamada do dia deve ser às seis da manhã.

— Jura? Mas quem está começando a viver não é ela?

— Como você sabe que é ela? (Ainda não existia ultrassonografia.)

— Tenho certeza. Mas não é ela que tem que aprender a viver?

— É, sim.

— Eu não acordo às seis da manhã. A primeira mamada vai ser às oito. Atrasarei a última.

Esse pediatra acha (com toda razão, a seu ver) que à noite o neném deve dormir e seu estômago, descansar. Proibiu que fosse amamentada caso chorasse à noite, devia lhe dar apenas água. Se desse chá, ela o exigiria todas as noites.

Apesar de as amigas dizerem que isso é maldade e que criança tem que mamar quando quiser, ela preferiu seguir o conselho do médico, e, depois de alguns dias, ela não acordou mais e dormia a noite toda. Quando cresceu um pouco e começou a acordar mais cedo, ela inventou um método ótimo: comprou um daqueles sacos de algodão que as pessoas usam como pano de chão, o lavou e o ferveu, e, depois, todas as noites, quando a filha já estava dormindo, o colocava no berço com brinquedinhos e às vezes até biscoitos. Assim, ela acordava e ficava brincando no berço até a hora de mamar.

Os meses passam. Dandara começa a andar no dia do seu aniversário. Algum tempo depois, acorda com uma mãozinha passando em seu rosto e dizendo:

— Bitoto.

Dandara escalou a grade do berço sozinha, e veio reclamar por não encontrar biscoito no saco de surpresas.

Ela quase morre de orgulho de sua fifi, mas a partir desse dia acabou a folga de acordar às oito horas. Naquele momento, sentiu que a filha ia ser carne de pescoço.

66

Estão ela e a irmã conversando no quarto, quando ouvem, vindo do quarto de Dandara, um assovio. A irmã estranha, mas ela acha que veio de debaixo da janela (mora no térreo).

Daqui a pouco, ouvem de novo o assovio e resolvem ir ver quem está assoviando, porque não quer que a filha acorde. Ao entrar no quarto, a neném está acordada e não tem ninguém debaixo da janela.

Já estão saindo do quarto quando a Dandara faz um biquinho e assovia outra vez. Ainda bem que sua irmã foi testemunha, apesar de não precisar provar nada, porque depois desse dia, ela não para mais — assovia o dia inteiro, que nem um passarinho. O pai até tenta lhe ensinar uma musiquinha, mas aí é demais. Só aprende a fazer fiu-fiu, o que a mata de vergonha quando passa por algum cara na rua.

67

Passa a gravidez de seu segundo filhote conversando com a filha mais velha, que tem dois anos e pouco. Quer a todo custo evitar o ciúme entre irmãos, então vive propondo à filha ajudá-la a cuidar do irmãozinho que está chegando. A garotinha está empolgada, para ela vai ser um bonequinho vivo. Ajuda a arrumar o quarto, ajuda o pai a pintar o berço de azul. Todos têm certeza de que será um menino, já tem até nome. Quem tem uma filha chamada Dandara não pode ter um filho chamado Pedro, Marcelo ou Rafael. E em 1973, pelo menos que ela saiba, a única Dandara que conhece é a sua. Um dia, passeando na praia e conversando com uma amiga a respeito do nome do bebê (se fosse de Touro seria Aldebarã, mas nascerá no signo de Gêmeos), sua amiga, que não tem filhos, lhe diz: "Se eu tivesse um filho homem, seu nome seria Sereno".

Toca um sino na sua cabeça e a partir desse momento o nome do filho está escolhido. Dandara adora o nome, o pai também, menos, é claro, a sua mãe, que acha o nome esquisito. Ela nem liga. A mãe também não gostava de Dandara, depois se acostumou e ela tem certeza de que hoje acha lindo. E seu pai adora, inclusive lhe diz que, na Espanha, onde na época as crianças tinham que ter nome de santo para serem protegidas por ele, há um tal de San Serenín.

Finalmente, duas semanas adiantado (Dandara também se adiantou duas semanas — que pressa será essa de nascer?), nasce seu bebê Sereno. Rindo, faz jus ao nome, tanto que um mês depois, ao levar a menina ao maternal, sente uma sensação de leveza, como se estivesse faltando algo. Já na volta para casa, ela se lembra: "Céus! Tenho outro filhote, esqueci em casa!". E volta na maior carreira para encontrá-lo dormindo, feliz da vida, no seu bercinho.

Quando chega em casa da maternidade com seu caçulinha, a

Dandara, depois de olhá-lo com carinho de mãe, vai buscar a chupeta que só usa para dormir e lhe diz com toda a seriedade:

— Mãe, abi a pota.

— Pra quê, filhinha?

— Abi a pota, mãe.

Intrigada, ela obedece. A menina chega à porta da lixeira, joga a chupeta fora e diz:

— Agola sou mocinha, não quelo mais chupeta.

Depois do susto (essa chupeta é importada, dificílima de encontrar por aqui), pensa na noite em claro que a espera. Mas sabe que, de qualquer maneira, passará a noite em claro por causa do bebê. Pensando melhor, acha a atitude linda.

Dandara nunca mais pensa na chupeta, só que a partir desse momento se torna uma mandona, não apenas com o irmãozinho (que mais tarde detestará isso), mas com qualquer pessoa que lhe dê essa chance.

68

Desde que se lembra, sempre teve problemas nos colégios escolhidos pela mãe e não quer que a filha sofra o mesmo mal. Resolve matriculá--la num maternal que fica numa casa que é uma gracinha, colorido e alegre. E, o melhor, perto de casa. As aulas começam no dia seguinte. A professora faz uma reunião com os pais, a psicóloga e a orientadora pedagógica. Ela acha legal, espera poder apreciar a didática da escola. Quando chega, a reunião é na sala do maternal 1. Agora imaginem um monte de adultos tentando se encaixar nas cadeirinhas desenhadas para crianças de dois anos. Ela se sente ridícula, então se encosta a uma parede. A professora começa:

— Piaget era suíço, Maria Montessori era italiana, portanto, nesta escola não seguimos esses métodos. Somos todos brasileiros, então temos um método cem por cento brasileiro de educar.

Ela não resiste:

— Método cem por cento brasileiro? Que legal! Então você pode me explicar o que fazem Donald e Mickey pregados nas paredes? Por que não Mônica e Cebolinha?

Silêncio na sala. A orientadora pedagógica a leva para fora e lhe pergunta:

— Você teve problemas na escola?

— Tive sim.

— E quer que sua filha tenha os mesmos problemas?

— Claro que não. Por favor, cancele a matrícula dela. Não quero a minha filhotinha de cobaia de professora. Passar bem.

Graças aos deuses encontrou outra escolinha, também perto de casa, mais barata e, apesar de brasileira, usa o método Montessori. Sua filha não tem que chamar a professora de tia e adora ir para lá todos os dias.

69

Ela herdou da mãe poucas coisas a respeito de educação. Uma delas é: "Criança dorme cedo". Sua mãe queria as crianças na cama às sete e meia; ela atrasou para oito horas e depois, quando cresceram mais, surgiu a regra de ouro:

— Sou mãe até as nove horas. Mais tarde, só converso com quem me chama pelo nome. A mamãe saiu.

As crianças se acostumam e ela tem sossego a partir dessa hora. Não se arrepende, e não os obriga a se deitarem se não quiserem.

Outra coisa herdada da mãe com a qual ela concorda é: "Não se fala tatibitate com ninguém, isso é desrespeitar a inteligência infantil". Ela e os irmãos, graças a Deus, aprenderam a falar certo.

Uma noite em Berna, na hora do jantar, chega uma de suas tias que foi passar uns dias com eles. Ao conhecer o caçulinha, que está com uns dois anos, ela lhe fala como se fosse um bebê. O garotinho olha para ela intrigado e pergunta:

— Pu que ela fala assim, ela é boba?

A gargalhada é geral. Ainda bem que a tia tem senso de humor e acaba rindo junto com eles.

70

E assim se passam oito anos e o nascimento de dois filhos. Ela não aguenta mais. Entre momentos felizes e brigas, sente que o que existia acabou. Ele está filmando fora da cidade e ela descobre a felicidade que é dormir sozinha, com a cama toda para ela. Então... pra que insistir no que não dá mais certo? Quando ele voltar, ela resolve o problema.

No dia do aniversário dela, às cinco horas da manhã, ele chega e a acorda dizendo que teve que discutir na produção para poder passar seu aniversário com ela. Só que ele não está sozinho. Sua "assistente" veio junto e está na sala esperando.

— O que ela veio fazer aqui? Ela não tem casa?

— Para de ser desconfiada, ela veio apenas tomar café com a gente.

Ela o olha nos olhos e fala:

— Você não devia ter discutido com a produção. É uma pena, mas eu já tenho compromisso para hoje.

— Como assim? Você não vai jantar comigo?

Ai, essa mania de dormir pelada... Ela se enrola no lençol, vai até a sala e diz à moça que espera:

— Você me faz um favor?

— Claro! O que foi?

— Preciso de sua ajuda para consolar meu companheiro, ele está triste porque queria passar meu aniversário comigo, mas eu já tenho compromisso. Você o consola?

Ela engole em seco, ele fica sem fala.

— Agora vocês podem ir, vou voltar para a cama, está muito cedo para mim.

Volta para o quarto e tranca a porta. Não sabe aonde ele foi nem o que fez nesse dia.

No dia seguinte, ele chega e tenta consertar o que não tem mais conserto.

— Está mais calma? Que papelão, a fulana ficou com medo de você. Agora tenho que me arrumar para voltar para a filmagem, quando acabar a gente conversa.

— Conversar sobre o quê? Mais uma DR? Não tenho saco.

— Bem que a sua mãe falou, você é maluca.

— Você devia ter acreditado nela. Boa viagem!

Ele vai e ela sente que tirou uma tonelada de cima dos ombros. Algumas semanas depois, ele volta, certo de que ela se acalmou e que, como tantas outras vezes, vai relevar.

— Ufa! Até que enfim sua filmagem acabou. Vou fazer minha mala. Ainda não achei um lugar para alugar, assim que encontrar, volto para pegar meus filhos e minhas coisas. Por favor, invente uma ocupação das cinco às sete, nessa hora venho ver meus bebês.

— Você não pode fazer isso comigo, tenho trabalho, não posso tomar conta das crianças.

(Desculpa recorrente que ela nem ouve mais.)

— A empregada fica com você por enquanto, quando me mudar, eu a levo comigo. Até, vou nessa.

Menos de três semanas depois, consegue alugar um casarão no Catete. Não tem móveis. Na Líder, uma empresa de montagem de negativos, consegue alguns caixotes de filme vazios, todos iguais, e, com a ajuda de amigos, providencia móveis modulados. Toda feliz, vai buscar suas coisas e as crianças. Ao chegar, ele lhe diz que vai oferecer o dobro do salário à moça para que fique com ele. Antes que ela quebre alguma coisa na cabeça dele, a moça, que está ouvindo a discussão da cozinha (ai, esses apartamentos pequenos, privacidade zero), entra na sala e diz:

— Desculpe, mas prefiro ficar com ela. Assim não me afasto das crianças.

— Nem eu pagando o dobro?

— Nem assim. Estou acostumada com ela, e adoro o Catete.

Assim, ela corta a última amarra que os unia e corre para viver a nova vida.

Para evitar a intromissão da mãe, mais uma vez escreve para o pai:

Querido papai, tudo bem por aí? Por aqui, finalmente está tudo ótimo. Pelo amor de Deus, segura a mamãe aí. Estou me separando e a última coisa de que preciso agora é alguém tentando restaurar uma relação que acabou. Estou feliz, finalmente dona do meu nariz. Beijos em todos e obrigada.

Como da outra vez, ele responde por telegrama. Como da outra vez, ele a surpreende:

Até que enfim. Parabéns. Se precisar de alguma coisa, faça-nos saber. João.

Ela descobre então, que, apesar das discussões constantes por conta de sua caretice, seu pai é um cara legal.

71

Separados há pouco tempo, precisam se encontrar para resolver uma questão logística qualquer. Marcam um jantar num restaurante que frequentaram muito durante a relação. Ela se dirige ao local, quando cai a ficha: tem quase certeza de que ele está acompanhado. Para não ficar por baixo, passa na casa de um amigo lindo (amigo dele também) e toca a campainha.

— Oi, tá de bobeira?

— Estou, por quê?

— Vem comigo, estou pagando o seu jantar.

— Alguma razão especial?

— Só estou com saudade de você.

Quando chegam ao restaurante, ele está de fato acompanhado, como ela imaginava. Quando a vê chegar com seu amigo, ele fecha a cara, enquanto ela, cheia de sorrisos, cumprimenta a moça que está com ele, uma conhecida. Fica um clima estranho na mesa, os dois cavalheiros estão sérios, o papo não engata.

De repente, seu olhar cruza com o da moça e, juntas, caem na gargalhada. A moça saca tudo:

— Como homem é bobo!

— E não é?

Depois que os risos se acalmam, jantam tranquilamente e acabam sem conversar sobre o que os levou até lá. Tiveram que resolver no dia seguinte, pelo telefone.

72

Vinte e nove anos e, enfim, só. Bom demais pra ser verdade. Daí acontece uma autossabotagem, só pode ser. Alguns dias depois de separada (ainda está na casa de uma amiga), entra num ônibus para ir ao Amarelinho da Cinelândia. Só tem na carteira dezesseis cruzeiros e um talão de cheques, se esqueceu de ir ao banco. O ano é 1977, ainda não existe dinheiro plástico e banco fecha cedo.

Encontra uma conhecida no ônibus que a convence a assistir a um show do Jards Macalé no teatro Tereza Raquel.

— Só tenho dezesseis cruzeiros. Será que lá aceitam cheque?

— Não se preocupe, conheço o Macalé e o pessoal da produção, eles deixam a gente entrar.

Chegam ao teatro e sua conhecida começa a chamar alguém que as deixe entrar. Estão todos ocupados e o cara da porta fica pedindo para saírem da frente, tem gente querendo passar. Aí ela se lembra: uma amiga está casada com Macalé. Pede para chamá-la e ela coloca as duas pra dentro.

Ao entrar no foyer, a única coisa que vê na sua frente é um par de olhos amarelos, como os das onças. Sua conhecida se aproxima dele e o cumprimenta. Enquanto isso, ela olha, hipnotizada, enquanto ele a encara. Conversam até o show começar. Quando vão entrar na sala lotada, ele deixa com ela o seu embornal. Ela acha graça do jeito que ele arrumou para vê-la na saída e vai catar um lugar vago na sala.

O show é ótimo, como todos os shows do Macalé. Mas, sorte dela, tem um intervalo e ela pensa: "Não, meu filho, não vai ser fácil assim". Vai até ele, que conversa com alguns músicos, lhe devolve o embornal e volta para a sala. Aplausos, bis etc. Finalmente o espetáculo acaba e todos se dirigem à saída, onde ele a espera na porta. Vão até o ponto de ônibus com outros amigos. Um deles está deprimido (depois ela descobre que é seu estado normal). Ela se lembra que tem um baseado na bolsa e entrega ao rapaz. Chega o ônibus que a deixará no Passeio Público, ao lado da Cinelândia. Dá a sorte de ele pegar o mesmo ônibus, está indo para a Glória. Vão conversando no caminho. Ela só pensa em como vai fazer para levá-lo para o Amarelinho. Quando passam pelo Largo do Machado, ela diz:

— Minha generosidade vai acabar comigo, passei para seu amigo meu último baseado.

Os olhos dele se iluminam e ele retruca:

— Vamos pra minha casa, lá tem.

Na maior felicidade, ela salta com ele. Para encurtar a história, fumam e passam o resto da noite se conhecendo. Quando o dia amanhece, descobre que pegou uma paixão fulminante, como se fosse uma gripe. Essa paixão dura poucas semanas.

Está filmando perto da casa dele. Na hora do almoço, corre para lá e o chama para assistir com ela à pré-estreia de *O amuleto de Ogum*, de Nelson Pereira dos Santos.

— Vou ver o show do Alceu Valença.

Como ela já viu esse show, responde:

— Então tá, a gente se vê outra hora, vou à estreia do filme.

Ela continua procurando lugar para morar. Vê no jornal o anúncio de uma casa no Catete e vai até lá com ele. O corretor lhes diz, tentando vender seu peixe:

— Esta casa é ideal para um casal. Vocês têm filhos?

— Tenho dois.

Depois de ver a casa e marcar com o corretor o dia para assinar o contrato, enquanto voltam, ele lhe diz, agressivo:

— Eu não vou morar com você.

— Engraçado, não me lembro de ter te pedido isso.

Essa foi a gota d'água. Ele lhe dá um fora e é o fim. Afinal, ele é o típico patriarca: quem manda na relação é o homem, mulher tem que ficar um passo atrás, sempre. Durante um tempão não consegue se curar dessa doença, mas, felizmente, não há mal que dure para sempre.

73

Depois de viver dois amores que deram em nada, está deprimida e perdida. Ouve falar de uma mulher que, depois de um desengano com o marido ou amante, toma um porre homérico, sobe na mesa do bar e proclama em alto e bom som que os homens são babacas por definição e que a partir desse momento vai se relacionar com mulheres.

Quando ouve essa história se identifica imediatamente, não apenas com o discurso, mas com o potencial de escândalo inerente a ele. Como muito bem coloca uma de suas tias, ela é uma pessoa que gosta de "*épater les bourgeois*".

Resolve então passar para essa fase. Ela não se sente bissexual, mas como gosta de sexo, imagina que não seja tão difícil ficar a fim de uma mulher.

Quatro mulheres que passaram por sua vida nos dez anos seguintes. A não ser a que durou menos tempo, de quem é amiga até hoje, as outras não valiam o sofrimento que trouxeram. O mínimo que tem a dizer é que foram um fiasco, cada uma a seu jeito.

O pior defeito das três foi achar que, como estavam com a mãe, tinham o direito de educar as crianças. Isso rendeu crises extraordinárias, porque não adiantava lhes dizer:

— Se quiser, seja amiga deles, mas deixe a educação comigo, não se meta.

Uma delas, supersticiosa e paranoica, só gostava do caçula. A inteligência da mais velha era demais para ela.

Entre a primeira e a segunda, houve outra, no intervalo de um verão, mas tudo o que é bom um dia termina. São amigas até hoje. É sem dúvida a mais inteligente de todas.

Outra dizia que ela era severa demais, que criança tem que ser solta e fazer o que quer para ser feliz. Nunca entendeu que liberdade não é fazer tudo, mas saber escolher o que fazer. Não conseguiu dissuadi-la disso, nem colocando as sobrinhas da moça como exemplo para comprovar o que dizia. As duas viviam ao deus-dará, nunca saíram da indigência intelectual e afetiva. Durante um tempo, teve que assumir o papel de monstro para conseguir educar seus filhotes. E as cenas de ciúme? Cada vez mais dramáticas! Cenas ridículas em restaurantes e até com a empregada. Encontrou e rasgou todas as suas fotos com terceiros, tinha ciúme até do seu passado.

Seu estilo era rimar "amor com dor", e até hoje ela não entende como foi que aguentou tanta falta de educação e de limites da companheira. Bem que tentou. Para tirá-la de sua casa, teve que encenar o drama final, colocando as coisas dela na rua. Sente vergonha disso até hoje.

E a última... o que dizer dela? Era fechada, implorava pelo afeto da mãe, que a tratava de maneira sofrível e dava carinho apenas a seu irmão. Essa achava que as crianças precisavam de pulso forte e até de surras, caso se fizessem necessárias.

Mas a experiência valeu a pena. Convenceu-se finalmente de duas coisas: tem o dedo podre para escolher parceiros e bissexualidade não está em seu DNA.

74

Está solteira há dois anos e pouco, com dois filhos. O pai é uma figura mítica que aparece uma vez na vida, outra na morte, e não participa da educação, do afeto, nem do sustento das crianças.

A mais velha é independente, mandona e resoluta. Tem cinco anos e se considera adulta e apta a tomar decisões sozinha. Às vezes é cansativo. O caçula ainda é um bebê de dois anos e meio, obedece cegamente à irmã, e o que ela decide é lei (por enquanto).

Um dia, ela não lembra mais por quê, reagindo a uma ordem da qual discorda, se vira para a mãe e solta:

— Mãe, você é uma chata. Quero ir morar com o meu pai.

Impaciente, ela responde:

— Só se for agora. Os dois arrumem as mochilas que levo vocês lá.

Toda feliz, a menina entra no quarto que eles dividem, arruma a sua bagagem e a de seu irmão na maior pressa. A mãe fica elucubrando sobre o que eles acham suficientemente importante para levar na bagagem.

Entram no carro e se dirigem à casa do papai. A filhota toca a campainha. Quando ele abre, ela diz:

— Papai, viemos morar com você.

Olhando para a mãe, ele retruca:

— Você é maluca mesmo! Não sei cuidar de crianças e estou no meio de um trabalho! Como é que você acha que vou ficar com eles?

— Eu também trabalho e consigo. Você tem duas mãos, dois pés e um cérebro. Põe pra funcionar.

Ao dizer isso, se afasta da porta, decidida, e volta com o coração apertado para o carro. Senta-se ao volante e, devagar, dá a partida. Quando está manobrando, ouve um som de correria, e vê as crianças saindo da portaria às pressas. Abre a porta do carro e as deixa entrar de volta.

— O que foi? Desistiram por quê?

A primogênita, decidida, responde:

— Mãe, você é uma chata, mas o papai é pior.

Nunca mais pediram para morar com o pai.

E ela nunca ficou sabendo por que o papai é tão chato.

75

Às vezes a vida pode ser inesperada e engraçada. Ela tem um ficante que trabalha com ela. É casado, mas isso é problema dele. Só se encontram em horário comercial. Ela mora perto do trabalho, o que facilita bastante. Um dia, ele a chama para o lançamento de um livro. Ela vai. Quando chega, ele está com a mulher. Fica danada da vida, preferia não ter que conhecê-la. Por que será que ele a chamou? Promete a si mesma que vai perguntar a ele na próxima oportunidade. Afasta-se e entra na fila, para o autógrafo do autor. Quando volta, já com o livro autografado na mão, ao olhar para o lado, vê que seu ex-companheiro conversa com seu ficante e a mulher. Fica curiosa e se aproxima. Estão no maior papo, falam de um filme. De repente, flagra um olhar que conhece bem entre seu ex e a mulher do outro. A vontade de rir é irreprimível e ela é obrigada a se afastar, prefere não dar bandeira. O que flagrou lavou sua alma. Seu ex a vingou sem saber. Pouco depois, ela larga o cara. Será que algum dia ele descobriu? Tomara que sim.

76

Dandara entra em casa soltando fogo pelas ventas.

— O que foi, minha filha?

— Não volto para a escola nunca mais!

— Você não acha que nunca é tempo demais? O que foi que aconteceu?

— Minha professora é uma chata, só sabe brigar comigo — diz ela, fazendo beicinho.

Sempre teve problemas no colégio. É bem verdade que eram colégios de freiras, mas sabe que há injustiças em todos, e sabe que quem tem que gostar da escola é o aluno, e não os pais.

— Vamos fazer o seguinte: você fica em casa amanhã, eu vou lá ouvir a sua professora, depois a gente decide. A que horas é o seu recreio?

— Às dez.

No dia seguinte, às dez horas, ela chega à escola e pede para ver a professora. Quando entra na sala, vê uma mulher jovem e lhe pergunta:

— Qual o problema com a Dandara?

A professora se exalta e começa a falar da menina com uma voz raivosa:

— Sua filha é insuportável! Quando pergunto alguma coisa ela não deixa ninguém responder e responde primeiro. Ou então fica lendo *Mônica* e *Cebolinha* durante a aula e não presta atenção no que está sendo ensinado.

Dandara tem sete anos, mas, como nasceu em novembro, não deixaram que fizesse o Curso de Alfabetização no ano anterior. Só que ela sabe ler desde os cinco. Tentou dizer isso para a orientadora pedagógica, mas não adiantou. Se tivesse nascido até julho, poderia tê-lo feito um ano antes.

— Desculpa, professora, mas quantos anos você tem?

— Trinta e três, por quê?

— É que você está falando dela com o mesmo tom que ela usou para falar de você, o que é, no mínimo, ridículo.

Aproveitando o silêncio da professora, prossegue:

— Se eu fosse pedagoga e tivesse uma aluna recalcitrante, a primeira coisa que faria seria perguntar algo que ela não sabe. Quanto a ler *Mônica* e *Cebolinha* durante a aula de alfabetização, você vai ter que convir comigo que ela está aprendendo mais do que te ouvindo ensinar o "B + A = Ba ou vovô viu a uva".

Ela se levanta, diz que vai conversar com a filha e volta para casa.

Quando chega, a menina pergunta:

— E aí, mãe? O que foi que ela falou?

— Olha, filhinha, o mais importante que você vai aprender na escola este ano são as relações pessoais. Você tem que aprender a tratar com a autoridade e com seus iguais, para poder viver bem. Eu vou te obrigar a estudar até terminar o segundo grau. Sem repetir, quantos anos dá isso?

— Uns dez anos.

— Pois é. Portanto, vai conhecer um monte de professores, alguns legais, alguns idiotas, como é o caso dessa sua professora. Você vai ter que aprender a não bater de frente com ela, porque, bem ou mal, quem decide se você vai passar de ano é ela. Então, a partir de agora, você só vai responder às perguntas dirigidas a você. E se quiser ler revistinha, por favor, coloca dentro da cartilha. Você vai ver que tudo vai melhorar.

No dia seguinte, Dandara vai para a escola e, até o final do segundo grau, a mãe nunca mais recebe uma queixa sobre ela.

No dia das mães (ninguém merece essa tortura, mas isso é outra história), a psicóloga da escola se aproxima dela e pergunta:

— O que foi que você disse à Dandara? Ela se tornou uma aluna exemplar.

— Prefiro não responder.

— Por favor, responde, sim, para podermos dar esse conselho para outros pais com problemas semelhantes.

Pelo bem da paz na escola, ela responde:

— Apenas dei razão a ela, e disse que seu aprendizado este ano era saber conviver com professoras idiotas. Vai encontrar um monte delas durante sua vida escolar.

— Eu não acredito que você desautorizou a professora. Isso é inadmissível!

— Por isso tentei não responder. Mas deu certo, não deu? Então está reclamando de quê? Vocês ensinam a ler e a fazer contas, mas meu dever está em ensinar a viver, não é?

77

Estão na casa da família do pai para uma festa qualquer. Lá pelas tantas, um helicóptero sobrevoa o prédio. Como todos os meninos, ele adora carros, aviões e todo tipo de máquina. Corre para ver o helicóptero e, apontando para o alto, diz:

— O pocó pocó!

As pessoas caem na gargalhada e ele fica num canto todo tristonho. Apesar de ter nascido rindo, falta-lhe uma coisa essencial: rir de si mesmo. Mas ela espera que ele aprenda isso com o tempo. Daqui a pouco, ela se aproxima do cantinho onde ele está semiescondido e pergunta:

— Tudo bem, mô bebê?

— Tudo. Como é o nome daquilo que voa?

— É helicóptero.

Ele repete, abre um sorriso e ela se afasta.

Cinco minutos depois, ele está tão quietinho que ela se aproxima para ver o que está fazendo. Sentadinho no canto, ele está escandindo:

— He-li-cóp-te-lo. He-li-cóp-te-lo. Ponto, momõe, agola já sei.

78

Crianças aprendem seguindo o exemplo dos pais. Por conta disso, surge um problema: ela fala muito palavrão e não pretende parar. Como ensinar às crianças que palavrão tem hora? Resolve instaurar uma regra:

— Vocês só podem falar palavrões na frente de adultos se me ouvirem falar primeiro.

Durante um tempo, vai tudo bem. Eles entendem. Mas um dia, alguns amigos estão em casa. É gente legal, sem problema com palavrões, mas Sereno, com uns quatro anos, solta um "puta que pariu", e ela ainda não falou nenhum. Sabe que, se inventou a regra, tem que fazer com que eles a sigam. Não pode ser um dia não e outro sim, senão vira bagunça.

— Sereno, o que foi que eu te falei com relação a palavrão?

Ele põe a mão na boca e assume uma expressão culpada. Um dos presentes, o que ela conhece menos, resolve tomar o partido do filho.

— Você é uma repressora! Por que ele não pode falar palavrão? Todo mundo fala. Pode falar sim, garoto!

Ela vira uma onça. Detesta que terceiros se metam na educação que ela dá aos filhos. Começa um bate-boca:

— Quantos filhos você tem?

— Não tenho filhos.

— Então o que você acha de se meter com a sua vida?

E a discussão continua durante alguns minutos. Quando o silêncio e a paz voltam ao ambiente, ouve-se a voz do garoto:

— Agora entendi por que tem que esperar você falar primeiro.

79

Ela é da geração bicho-grilo. Sempre pensou que, se é permitido beber socialmente, por que não se pode fumar unzinho sem precisar se esconder?

O tempo passou, teve filhos. Outras mães conhecidas suas passam a fumar às escondidas, para não dar mau exemplo. Mas bebem na frente dos filhos, sem problema nenhum. Mesmo mães que acham que um fuminho só faz bem.

Nunca conseguiu entender isso. Quando faz algo é porque acha certo, se é certo, não precisa se esconder. Sempre fuma na frente dos filhos. Sua filhota adorava brincar com as sementinhas. Hoje eles já cresceram e tratam do assunto com a maior naturalidade.

Encontrou apenas uma mãe que agia com as filhas com a mesma naturalidade que ela. Sereno foi passar o fim de semana com as meninas e, lá pelas tantas, a mãe delas pergunta:

— Você sabe o que é isso?

— O cigarro esquisito da mamãe.

— Com esse seu nome, tinha que saber.

Com um sorriso, abre a caixinha e aperta unzinho, enquanto ele brinca com as filhas dela. O mundo não acabou, ele não se perdeu no mundo das drogas, nem as filhas dela. E, quando voltou do fim de semana, lhe contou o diálogo.

Conhece outra mãe que sempre a criticou por causa disso, apesar de fumar escondido do filho. Um dia, numa festa a que foi com ele, já um jovem nessa época, alguém lhe ofereceu um baseado. Para fumar, se escondeu atrás de uma coluna. Qual não foi seu assombro quando, de costas, esbarrou em alguém. Ao virar-se, deu de cara com seu filho, que também se escondia dela, com outro baseado na mão.

Deve ter então perguntado a seus botões: "Onde foi que eu errei?".

80

Hoje ela está irritada. É um daqueles dias em que seria melhor ter ficado na cama. Mas não dá, tem uma noturna para filmar. Mora num casarão antigo, com chão de tábua corrida. Vive dizendo pra filha não sentar no chão sem calcinha. Quando está para sair de casa, vê a menina, sem calcinha, sentada no chão. A irritação a domina e, levantando-a do chão, lhe dá uns safanões (nunca tinha feito isso antes) e grita com ela:

— Quantas vezes vou ter que falar que não quero você sentada no chão sem calcinha?

A menina chora, ela chama a empregada e manda botar no banho para vestir o pijama. Dito isso, sai para a filmagem. Passa o tempo todo brigando com ela mesma, porque deixou que a sua raiva extravasasse e tratou a filha com violência. Nem consegue trabalhar direito. Em plena madrugada, volta para casa infeliz e cansada e vai ao quarto ver as crianças. Isso sempre a deixa melhor. Sereno dorme sossegado, mas Dandara está acordada, tristinha, e lhe pergunta:

— Mãe, por que não posso ficar no chão sem calcinha?

Então ela se conscientiza de que apenas proibiu, mas nunca lhe ocorreu dizer a razão. Sentando-se na cama dela, explica que o chão, além de sujo, pode ter uma farpa e machucá-la.

— Ah, bom! Então está bem, não faço mais.

Ela se emociona.

— Mas eu não podia gritar com você nem te sacudir. É que eu estava nervosa, e nem era com você. Desculpa, tá?

A menina joga os bracinhos em volta do pescoço dela e lhe dá um beijo:

— Então tá, mami, até amanhã.

E, virando-se na cama, adormece antes que ela saia do quarto.

Promete a si mesma que nunca mais vai descarregar seu estresse nas crianças.

81

Ele tem uns quatro anos e está no jardim de infância. Dia sim, dia não, em vez de fazer o dever, pede a ela um bilhete dizendo que perdeu o caderno ou que o lápis quebrou ou que o esqueceu na escola, enfim... Tem sempre uma desculpa esfarrapada. Mas pede o bilhete com uma carinha tão desolada que ela não resiste. Um dia, finalmente, ela perde a paciência.

— Não dou bilhete nenhum, chega. Hoje você vai dizer isso para a sua professora. Irresponsabilidade tem limite.

Resposta do moleque no taco:

— Eu sou criança, mõe. É normal. Você quer me comprometer com a minha professora?

Não recebe resposta (se ela falar, vai cair na gargalhada) e, todo murcho, lá vai ele para o colégio.

Ela não sabe se o "comprometeu" ou não. Só sabe que ele nunca mais se esqueceu de fazer dever de casa. Pelo menos no jardim de infância.

82

— Mõe, quero estudar no mesmo colégio que meus primos.

Ele a chama de "mõe" desde pequeno, ela nunca descobriu por quê. Já ela o chama de "mô" bebê.

— Acho que você não vai gostar, é colégio de freiras, eu já estudei lá.

— Mas, mõe, meus primos gostam.

Vendo que não vai adiantar discutir, ela vai e o matricula no tal colégio. Não se preocupa sequer em saber quem é a diretora e esse tipo de coisa que mãe costuma achar importante.

Ele vai fazer o curso de alfabetização nesse colégio. Assim como a irmã, aprendeu a ler sozinho aos cinco anos. No final do primeiro trimestre, ela recebe um telefonema pedindo que compareça à escola, a diretora quer falar com ela.

Saco! Mas não adianta fugir, mãe tem algumas responsabilidades, vai ter que conversar com a freira.

Como de hábito, chega um pouco antes da hora. A diretora não está na sala, então ela se senta no corredor e espera, pegando o livro que sempre carrega na bolsa.

— A senhora está esperando alguém?

— Estou esperando a diretora do primário, que quer falar comigo.

Quando olha para a freira, leva um susto: é sua ex-professora de matemática.

— A senhora é a mãe do Sereno?

— Sou eu.

— Mas acho que estou te conhecendo...

Depois de uma pausa, exclama:

— Você já foi minha aluna! Você não é a Inez Cabral?

Ela acha até legal a professora se lembrar dela.

— Pois é, eu mesma, ao seu dispor.

— É você a mãe do Sereno? Entendi tudo! Por mim, poderia ir embora, mas a psicóloga precisa lhe dizer algo.

Entram na sala. Pouco depois, aparece a psicóloga:

— Estou muito preocupada com seu filho, acho que ele é disléxico.

— Como?

— Digo isso porque ele é esperto, está sempre ligado no que acontece, mas não consegue aprender a ler.

Ela volta para casa rindo com seus botões. Acha o máximo ele ter aprendido a fazer greve, sem ninguém ter que ensinar. Quando ele chega da escola, leva um papo com ele.

— Você está gostando do colégio?

— Não.

— Eu te avisei. Quer sair de lá?

Seu rostinho se ilumina:

— Quero!

— Então, trata de passar de ano. Se repetir, vai repetir no mesmo colégio.

E a vida continua. Um mês depois, ela nem se lembrava mais do assunto e a psicóloga liga para ela:

— Estou muito feliz, seu filho aprendeu a ler! Acho que foi milagre divino!

— Que bom! Deve ser milagre mesmo, fui num centro de umbanda e fiz um trabalho. Deu certo, fico muito contente.

Desliga o telefone e fica rindo até a chegada dele da escola.

— Sereno, gostei de ver! Além de aprender a ler em um mês, você ainda virou um milagre de Deus! Aleluia!

Ela acha que ele não entendeu nada, mas, como passou de ano, matriculou-o em outro colégio.

83

Acompanhada de Sereno, que tem uns sete anos, ela vai visitar o pai. Quando chegam, ele está na sala com dois amigos. O garotinho olha para eles e pergunta:

— Quem são esses, mõe?

— O que está na poltrona é Otto Lara Resende, o de bigodão é Rubem Braga.

— Rubem Braga, aquele que escreveu "A história triste de Tuim"?

— Essa eu não li, mas deve ser. Rubem Braga só tem um.

— Vou lá falar com ele, mõe!

E todo decidido, depois de cumprimentar rapidamente o avô, se aproxima de Rubem e pergunta:

— Foi você que escreveu "A história triste de Tuim"?

Surpreso, Rubem confirma. E Sereno:

— Fiquei muito triste, mas gostei muito. Essa história aconteceu mesmo? Você escreve muito bem.

Enquanto continua conversando com ele, ante o olhar encantado do vô e o interesse divertido de Rubem, Otto Lara Resende comenta:

— Esse é um fã de respeito. Gostaria que meus textos também fossem estudados pelos alunos de primeiro grau!

84

É hora do almoço, ela está sentada à mesa com os filhos pré-adolescentes, felizes da vida comendo um empadão de frango. Vai sobrar. Ela chama a empregada:

— Depois de você almoçar, se sobrar, coloca na geladeira e tampa com aquele troço que não é papel-alumínio.

E a Dandara, dando aula:

— Chama pelo nome, mãe.

— É que eu não sei o nome disso.

— Vê se aprende: o nome é película de PVC, mais conhecida como "prástico".

Nunca mais ela esquece o nome daquilo.

85

Ela está na cozinha, a empregada faltou e tem que providenciar um almoço. As crianças chegam da escola. Sua filha entra na cozinha, a vê em frente ao fogão e diz:

— Mãe, adoro te ver na cozinha. Você devia ser como a mãe da Fulana.

— Como é a mãe da Fulana?

— Ela fica sempre em casa fazendo a comida, lavando roupa e arrumando.

— Jura que você queria mesmo me ver levando essa vida? Ia ser ruim para você, que nunca gostou da minha comida.

— Ah, mãe, mas aí você ia saber fazer as coisas que eu adoro.

— Então é uma pena! Vai ter que viver frustrada.

A menina vai para o quarto e ela fica pensando: por que será que a filha queria tanto que ela fosse "do lar"? Lembra-se de um artigo que leu em algum lugar que dizia que, para crescerem, as meninas têm que suplantar as mães. Será? Se for verdade (ela não lembra mais se com ela foi assim), seria mais fácil, com certeza. Diz que mãe faz qualquer coisa pelos filhos. Infelizmente, deve ser uma mãe desnaturada, pois jamais assumiria esse papel por nenhum dos dois nem por ninguém.

86

Com um suspiro satisfeito ela se encara no espelho enquanto passa o hidratante no rosto. Olha para a ponta do nariz e vê a marca que a catapora deixou. Lembra-se perfeitamente do momento em que resolveu testar o que a mãe lhe dissera:

— Se arrancar a casquinha, fica a marca.

Uma vez decidido que tiraria uma casquinha para comprovar a verdade do papo da mãe, tinha que pensar bem de onde a tiraria, para depois de crescer se lembrar de verificar o resultado. Chegou à conclusão de que tiraria a casquinha da catapora que se instalara na ponta do nariz, por ser o ponto mais óbvio, o que vem na frente.

Durante anos a marquinha quase some (ai, o viço juvenil...), mas com o passar do tempo vê a marquinha se destacar e virar cratera. Volta aos sete anos de idade, infestada de catapora, coceira, sem aula, ganhando todos os dias um livrinho novo para ler na cama. Lembra-se da deliciosa sensação de estar doente num dia de inverno (nas férias, não!). Sem aula, paparicada, mas sem injeção!

Suspira saudosa, se olha nos olhos e pensa: "Mamãe, você estava certa!", e agradece aos céus por ter feito o teste com uma casquinha só.

87

Eles brigam muito. Até certo ponto, ela se sente responsável. Quem inculcou na filha que tinha que cuidar do irmão foi ela, quando ele nasceu. E agora? Como evitar que ela interfira na individualidade dele e se sinta responsável por tudo que ele faz? O garoto se rebela em vão. Ele é menor e nas brigas sai sempre perdendo.

Na primeira tentativa de acabar com o caos, alerta a filha:

— Cuidado, um dia seu irmão vai crescer, e, como é menino, a possibilidade de ser maior e mais forte do que você é enorme.

Mas a garota é tinhosa, esse alerta não adianta muito e as brigas continuam.

Um dia ela trabalha num roteiro que vai gravar no dia seguinte quando o furdunço começa. Impossível se concentrar. Não sabe mais o que fazer, então deixa seu lado de mãe doida tomar a dianteira. Vai até a cozinha, pega duas facas, se aproxima, aparta a briga e entrega uma faca para cada um:

— Agora é pra valer. Eu sou o juiz. Não vale golpe baixo, podem se matar, mas a briga só acaba quando um dos dois estiver morto. Assim mais ninguém vai ser obrigado a presenciar essa cena ridícula, porque um sozinho não briga. Comecem já!

Os dois ficam aparvalhados, cada um com a sua faca na mão, olhando para a mãe, perplexos.

Nunca mais brigaram, pelo menos na sua frente.

88

— Vai desfilar este ano?

— Não vai dar, as fantasias da escola estão caras demais.

— Mas você não é passista?

— Eu era, mas com esses preços não dá.

— Por que você não pede ao dono da escola? Você sabia que ele vende sua imagem para o mundo em dólares? Ele dá as fantasias de destaque para a Xuxa e outras que podem pagar. E o forte das escolas são as passistas. Por que você não se junta com as suas colegas e diz que, se ele não pagar as fantasias, vocês não saem?

— Ai, dona Inez, eu não sei fazer essas coisas, não. Por que a senhora não vai lá para falar pela gente?

— Eu? Que ideia! Detesto Carnaval, não desfilo e nem posso fazer greve por vocês. Mas se vocês se unissem, tenho certeza de que conseguiriam.

Nesse ano, a Beija-Flor saiu sem ela. E, com certeza, sem algumas passistas mais.

89

— Mãe, hoje tenho uma festa, me empresta uma roupa?

— Você vai cuidar direito dela?

— Claro, mãe, posso?

— Vai lá.

Enquanto a filha vai explorar seu guarda-roupa, ela continua assistindo à novela. Um tempão depois, desce a menina arrumada, com as próprias roupas.

— Ué! Você não queria uma roupa emprestada?

— Querer eu queria, mas achei um saco! No seu armário só tem roupa parecida com você!

90

Seu pai ainda está na cama quando ela chega. Na sala já estão alguns amigos, familiares e colegas. Sua madrasta está no seu quarto (dormiam em quartos separados) com amigas e filhas. Ela se dirige ao quarto do pai, senta-se na cama, conversa com ele, se despede. Ele se foi de repente, de forma inesperada, no sábado depois de um feriado enforcado. Ela estava em Saquarema e veio voando. Ainda está meio zonza, não caiu na real. Quando o pessoal da Santa Casa entra para arrumar seu pai, ela sai, é demais para ela. Prefere lembrar-se dele na cama, como se estivesse dormindo.

Ao sair do quarto, quase esbarra num acadêmico, que, em vez de dizer "meus pêsames", ou "sinto muito", ou qualquer fórmula do gênero, lhe pergunta no taco:

— Com quantas primeiras edições de seu pai eu vou ficar?

Ela leva um susto.

— Pra quê?

— É que sou especialista no trabalho dele.

Ela fica calada (o que é raro) durante alguns segundos, na dúvida entre mandá-lo à merda e não responder, mas se lembra de que naquele momento ela não pode ser a Inez, ela tem que ser a filha do homem:

— Se me lembrar, tiro xerox pra você.

91

A Academia Brasileira de Letras está em festa.

Gente aos montes vem "prestigiar" o velório de seu pai. Ela tenta ficar perto do caixão, mas é pedir demais. Duas equipes de TV com suas câmeras esperam, quais *paparazzi*, captar imagens de famosos compungidos. No seu canto, observando, ela presencia uma cena que nem Nelson Rodrigues conseguiria inventar: a cada vez que uma ou as duas câmeras são ligadas aparecem, ao lado das "celebridades", um cidadão e sua filha aos prantos. O choro da filha é soluçante, o pai é mais discreto. Até aí nada de mais, poderiam ser familiares íntimos, deve ser o que pensam os presentes que não os conhecem. Só que não. Essas pessoas chorosas e sentidas são o ex-marido de sua madrasta e sua filha caçula, enteada do acadêmico, como ela mesma gosta de frisar, ao ser apresentada a alguém.

Com um sentimento entre o desprezo e o riso, prefere sair do aposento. Ela se conhece, sabe que, sob pressão, metralhadora giratória é seu nome do meio. Resolve ficar na antessala da festa, onde o clima está mais leve. Chega seu tio querido, irmão de seu pai, que lhe pergunta:

— Como é que devo falar com aquela sua madrasta?

— Suponho que deva dizer "meus pêsames", mas ela gostaria mais se você dissesse que ela está linda.

— Só você mesmo.

E se afasta.

Aproxima-se de um crítico musical, que sabe tudo de MPB e é uma das pessoas mais agradáveis que ela conhece. Enquanto conversam, se aproxima o ego-mor dessa selva de egos, o tipo que ama ouvir o som da própria voz ao dizer coisas inteligentes. Ela o conheceu em sua fase de cineasta, trabalhou num filme dele no passado. Como assistente de seu marido cenógrafo, fez até uma figuração no filme. Mas, naturalmente, hoje ele está alguns patamares acima dela em termos de importância, o que a torna transparente. Ele se aproxima do especialista em MPB, empurrando-a para trás e virando-lhe as costas. O coitado do crítico fica sem graça e lhe pergunta:

— Você não conhece a filha do João?

Com um riso de Papai Noel, o dito-cujo a abraça pelos ombros e responde:

— Ho, ho, ho... Claro que sim, minha atriz predileta! Tudo bem com você?

Depois dessa, ela se afasta para um canto e começa a escrever o roteiro de um velório na sua cabeça.

Como o filme nunca saiu do papel, resolve escrever o episódio, seguindo um conselho de seu velho:

— Cinema-arte é coisa para milionário. Se eu fosse você, esquecia isso e passava a escrever. Você só vai depender de lápis e papel.

92

A capela do cemitério está lotada. Ela olha em volta, vê conhecidos, familiares, gente que ela sabe quem é mas não conhece bem e alguns desconhecidos também. O ritual da morte no mundo ocidental é difícil de aturar.

Está junto com os irmãos quando a madrasta chega, vestida de azul-rei, com imensos óculos escuros. Ao passar por ela, faz que vai desmaiar, e ela a escora. Como agradecimento, leva uma cotovelada nas costelas que deixa um hematoma.

Entre os presentes, um político pernambucano, todo imbuído de sua importância, faz discurso e tudo o mais. Quando o ritual acaba, o dito senhor fica parado, no meio do caminho, esperando que a família venha lhe dar os pêsames. Alguém a empurra em direção ao cara, ela escapole na última hora, fingindo não ver a mão esticada em sua direção. Fica chocada, aparvalhada com a falta de noção do político e de quem a empurrou.

93

Anos depois, vê na TV que o presidente vai a Chapecó, por causa da tragédia da Chapecoense, esperar no aeroporto o cumprimento dos familiares dos mortos. Quando ouve isso, volta no tempo e se lembra do velório do pai. Fica chocada, como ficou na época. O velório continua transmitido ao vivo. Um repórter se aproxima do pai de um dos jogadores e pergunta:

— O senhor não vai ao aeroporto para falar com o presidente?

— Se o presidente quiser falar conosco, ele que venha. Ele não é nada para nós, é só o presidente. Não vou largar o velório do meu filho para falar com ele.

Ela adora ver que alguém falou para o cara o que ela não teve ocasião de dizer na época. Sente-se vingada.

94

— Dona Inez, será que posso faltar amanhã?

— Puxa, logo na sexta! Mas por quê?

— É que a minha irmã casa no sábado, tenho que ajudar a preparar tudo.

— Que legal! Nesse caso, claro que pode, felicidades para os noivos!

— Felicidade? Não sei, não, acho que a minha irmã não tem nenhum juízo.

— Só porque vai casar?

— Não é isso. É porque ela é a mais clarinha lá de casa e vai casar com um cara mais preto do que eu.

— E o que é que tem isso? Aliás, vocês são irmãs de pai e mãe?

— Somos, sim.

— Então vocês são da mesma raça, não importa a cor. Nem a raça, aliás.

— Mas já pensou nos meus sobrinhos? Eles vão ser uns pretinhos do cabelo duro, e minha irmã é quase branca.

Ela desiste de entender, fica triste e sai da cozinha, dizendo:

— Mesmo assim, felicidades para ela.

95

O caçula tem dezesseis anos, está no auge da adolescência. Só escapou das espinhas e da voz "gasguita". Alguns têm essa sorte. Quanto ao resto... Mata aula, não estuda, acha que é dono de seu nariz; enfim, trivial simples.

Está queimando fumo de manhã, antes de uma prova. Ela flagra:

— Cara, você está passando atestado de burrice! Antes da prova? Depois não sabe por que as notas estão todas no vermelho.

— Ih, môe, não enche. Só eu sei de mim.

Sua indignação chega ao auge, ela perde de vez a paciência:

— Já é homem? Só você sabe de você? Então está bem. Depois da prova, você faz a sua bagagem e pode cair fora!

Furioso, ele pega a mochila e sai. Depois da prova, vai ver o pai pedindo guarida. Para variar, ele se esquiva. Busca então outra solução. Mais tarde chega em casa dizendo:

— Vou morar com uma amiga que mora sozinha.

— E quem paga as contas? Virou cafetão? É só para isso que você serve?

Ele vai embora cabisbaixo, de repente seu rosto se ilumina:

— Já sei! Vou ficar acampado na caverna!

A caverna é um espaço nas fundações do prédio, esconderijo ideal para adolescentes, e todos pensam que os pais não conhecem. Acontece que muitos moram naquele prédio desde a infância e adolescência. O lugar é, portanto, um segredo de polichinelo.

— Não vai, não! Quem paga o condomínio sou eu, e não quero você por aqui.

Ele fica arrasado, mas é óbvio que não vai chorar na frente da "môe". Estamos numa época em que todos os dias se lê no jornal a respeito de adolescentes assassinados nas ruas. É demais até para ela, então diz:

— Tá certo, você pode ficar. Mas não quero te ouvir nem te ver. Se estiver com fome, vai à cozinha quando eu não estiver por perto. Você faz a sua comida. E, para sair, sai pela porta de serviço, não quero saber de te ver.

Passa algum tempo e chega a Semana Santa. Ela viaja, a filha também e ela o deixa em casa sem uma palavra e com comida por fazer. Depois de alguns dias longe, ela se acalma e quando volta o encontra deitado na cama, olhando para o teto.

— Pensou na vida?

— Pensei sim, mõe, quer um café?

— Boa ideia, quero sim.

Ele faz café para os dois e senta com ela para tomá-lo.

— Se você pensou na vida, deve ter chegado a alguma conclusão.

— Cheguei, sim. Primeiro quero dizer que isso é coisa de adolescente, todos os meus amigos fazem igual. Eles estão errados, já sei. Eu não sou porra nenhuma por enquanto, portanto tenho que estudar, acabar o segundo grau e arrumar um jeito de me sustentar, é isso?

— Exatamente, ainda bem que entendeu.

— Tudo bem, deixa comigo.

Nunca mais ele canta de galo em casa (afinal, a casa é dela), suas notas viram para o azul e ainda, no final do segundo grau, lhe pedem na escola para dar aula de desenho geométrico.

Ser dura dói, mãe é molenga mesmo. Ela perdeu o sono pensando nele, mas que funcionou, funcionou.

96

Há máquinas para tudo. Um dia, na entrada de um shopping, ela vê uma máquina que analisa a personalidade de uma pessoa fazendo um estudo da sua assinatura. Irresistível, claro. Ela assina no local determinado e espera a resposta. Usou a assinatura oficial, a que está na carteira de identidade, seu nome inteiro sem muitas firulas. Pois bem: o resultado diz que ela é uma pessoa assim e assado. Não se identifica nem um pouco. Já está se afastando, quando se lembra da assinatura que ela usa em suas cartas, desenhos e textos pessoais. Volta e assina de novo. O resultado é um assombro. Ela não sabe bem se é tão maravilhosa quanto a máquina acha, mas adoraria ser. Resolve pegar uma segunda via da carteira de identidade, com sua outra assinatura. Mas vai deixando para amanhã, só de pensar na burocracia que isso implica, desanima.

Um dia, roubam sua carteira dentro de um ônibus. Até tinha algum dinheiro, mas o pior são os documentos. Lá vai ela tirar a sua segunda via.

Leva toda a papelada e o número da carteira antiga. Quando chega a sua vez na fila, se aproxima do funcionário, diz que precisa tirar uma segunda via da identidade. O rapaz examina tudo e lhe diz:

— Sua certidão de nascimento está errada. Tem que mandar corrigir.

— Errada como?

— Não diz seu sobrenome, diz apenas que seu nome é Inez.

— Qual seria o sobrenome de uma Inez filha de João Cabral de Melo Neto e Stella Maria Cabral de Melo?

— Mas o sobrenome tem que vir escrito na mesma linha que seu nome.

— Onde faço isso?

— Como você nasceu fora do Brasil, tem que ir ao Primeiro Cartório.

— Você sabe onde fica?

— Na ilha do Governador, perto do Galeão. É lá que devem ser registradas as pessoas que nasceram fora.

— Sério? Quer dizer que quem nasceu fora tem que providenciar sua certidão quando sai do avião?

...

— Eu não vou corrigir nada, não faz sentido. O erro não foi meu. Preciso da carteira. É uma segunda via, não dá pra copiar da documentação que vocês têm aí?

— Não dá, essas são as ordens.

— Então faz o seguinte: coloca meu nome sem sobrenome na carteira. As ordens devem ser seguidas sempre, não é?

O rapaz começa a preencher a documentação. Assombrada, ela lhe pergunta:

— É sério? Pra mim vai ser ótimo. Meu CPF não me pertence mais, meus filhos não são mais meus filhos, minhas dívidas não são mais minhas... — As gargalhadas ecoam na repartição. Ela repara que todos pararam para seguir o diálogo e estão adorando a festa.

Vendo que não vai conseguir nada, ela vai embora decidida a ficar sem carteira de identidade. Quando pedirem, ela dá o número e pronto.

Enquanto anda pela rua, cai em si: "Hoje é dia de São João! Aposto que isso é molecagem de papai, porque reclamei a vida inteira do peso desse meu sobrenome".

Esquece o assunto e a vida continua. Isso acontece em 2001.

Alguns anos depois, recebe uma correspondência do diretor do departamento de identidade, pedindo-lhe para buscar a sua. Na carta tem um telefone, ela liga e confirma. Parece que a lei mudou.

Vai, portanto, à repartição, e uma funcionária lhe diz, de maneira grosseira, que tem que corrigir a certidão. Ela pega o celular, liga para o telefone que consta na carta e pede ao chefe para falar com a moça.

Finalmente, três dias depois, está com a carteira nova na mão, com sua assinatura atual. Fica sabendo por alguém que o cartório não é mais na ilha do Governador, mas no centro da cidade.

97

Ela é indicada para realizar um vídeo para a Pastoral do Menor. O dinheiro de que eles dispõem é simbólico, tentaram fazer o vídeo com produtoras e até com estudantes de cinema, mas todos se negaram. "Com essa grana não dá."

Ela aceita, avisando que o vídeo será modesto. Fará o melhor possível com os meios de que dispõe. Chama um amigo de seu filho, seu amigo também, que quer aprender e entrar no meio, como assistente de direção, produtor e, mais tarde, editor. Um de seus alunos pede para fazer o trabalho de câmera. Ela assume o roteiro e a direção. Com uma câmera de vídeo digital, lá se vão os três gravar os projetos da Pastoral. Um dia, chegam a um centro comunitário onde o padre tenta a duras penas ensinar as mulheres a pescar.

Enquanto esperam pela chegada de algumas retardatárias, ela conversa com uma mãe, que lhe diz:

— É muito difícil viver aqui, tem muito tráfico na comunidade. Tenho muito medo pelo futuro do meu filho. A senhora sabe como são os meninos. Tenho medo de que ele queira um tênis de marca e, para conseguir, tenha que trabalhar com os traficantes e acabe morrendo.

— A senhora não tem filhas?

— Tenho, sim, duas. Mas com as meninas é mais fácil.

— Mais fácil?

— Claro. Se uma menina quiser uma roupa cara, basta abrir as pernas. Depois, lavou está novo.

98

Ela não se dá muito com a mãe, talvez por incompatibilidade de gênios. Mas uma coisa que sempre soube é que a mãe é a fortaleza e o pilar da família.

Em 1969, sua mãe está no Rio de Janeiro, arrumando o apartamento para os filhos, antes de voltar para Barcelona com o marido e o filhinho caçula.

Estão andando por Copacabana, quando sai de uma loja de discos (na época LPs) uma horda de adolescentes gritando, correndo e fazendo bagunça. Elas são rodeadas pela massa ignara. Ela olha para a mãe e, quase inconscientemente, a protege com o braço para que os garotos não a derrubem. Nessa hora, ela tem a certeza de que os papéis se inverteram. Até esse momento, a mãe sempre a protegeu de tudo o que pudesse machucá-la. Mas ali, num piscar de olhos, quem protege a mãe é ela. Pela primeira vez se sente mulher-feita e forte o suficiente para proteger aquela que sempre foi seu porto seguro. É uma sensação estranha, olhar para a mãe de igual para igual.

Anos depois, está andando com a filha pela rua. Dirige-se a um restaurante, onde vai se encontrar com amigos, enquanto a filha, que vai pegar o metrô para casa, resolve acompanhá-la. Ao atravessar uma rua, ela olha os carros que se aproximam e, fazendo seus cálculos, acha que pode atravessar com segurança. Sente uma mão no seu braço enquanto ouve o grito:

— Mãe!

Calculou errado e, se não fosse a Dandara, teria sido atropelada. Nessa hora, olha para a filha e reconhece na sua expressão a mesma sensação que ela sentiu anos antes. Entende então que sua filha cresceu.

99

Ela já teve uma curiosidade imensa de provar ayahuasca, mas não tinha a mínima vontade de participar do Daime. Desde a infância é meio avessa a religiões e rituais. Tem uma conhecida que é fardada do Daime, vai falar com ela.

— Posso arrumar para você, mas vou ter que ficar junto. Não posso deixar que fique sozinha.

Ela pensa por um momento e chega à conclusão de que não é louca para tomar um psicotrópico e ficar nas mãos de uma pessoa, segundo ela, meio limitada.

— Deixa rolar. Desisti.

Anos depois, Sereno já é um homem e entrou para o Daime. Um dia, ele lhe diz:

— Mõe, eu lembro que, quando eu era pequeno, você queria provar ayahuasca. Eu sou fardado, posso conseguir para você e para uma amiga que também está interessada.

Ela confia nele, sabe que ele olharia por ela, mas os anos passaram...

— Valeu a intenção, mô bebê. Naquela época eu achava que para transcender tinha que tomar alguma coisa. Hoje, já me conscientizei de que, se quiser transcender, tenho que estar careta.

Ele a olha, perplexo, ela também está assombrada. Falou aquilo sem pensar, mas quando reflete a respeito, descobre que falou a verdade mais absoluta.

Vê que finalmente mudou.

ESTA OBRA FOI COMPOSTA PELA ABREU'S SYSTEM EM ADOBE GARAMOND
E IMPRESSA EM OFSETE PELA LIS GRÁFICA SOBRE PAPEL PÓLEN BOLD DA SUZANO
PAPEL E CELULOSE PARA A EDITORA SCHWARCZ EM MARÇO DE 2018

A marca FSC® é a garantia de que a madeira utilizada na fabricação do papel deste livro provém de florestas que foram gerenciadas de maneira ambientalmente correta, socialmente justa e economicamente viável, além de outras fontes de origem controlada.